Johann Nestroy

Zu ebener Erde und erster Stock
oder
Die Launen des Glückes

Lokalposse mit Gesang
in drei Aufzügen

Herausgegeben von
Jürgen Hein

Philipp Reclam jun. Stuttgart

Der Text folgt den *Gesammelten Werken*, herausgegeben von Otto Rommel, Zweiter Band, Verlag von Anton Schroll & Co., Wien 1948. Er entspricht, bei neuerlicher Revision nach den Handschriften und dem Erstdruck (Verlag und Druck von J. B. Wallishausser, Wien 1838), der historisch-kritischen Gesamtausgabe, herausgegeben von Fritz Brukner und Otto Rommel, Wien 1924–30 (Bd. 6, 1926). Uneinheitlichkeiten bei der Apostrophsetzung wurden in dieser Ausgabe dem neueren Gebrauch angeglichen. Die Anmerkungen stützen sich zum Teil auf beide Ausgaben. Sie wurden vom Herausgeber bearbeitet und wesentlich ergänzt.

RECLAMS UNIVERSAL-BIBLIOTHEK Nr. 3109

Gesamtherstellung: Reclam, Ditzingen. Printed in Germany 2012

ISBN 978-3-15-003109-4

www.reclam.de

PERSONENVERZEICHNIS

Herr von Goldfuchs, *Spekulant*[1] *und Millionär*
Emilie, *seine Tochter*
Johann, *Bedienter* – *im Goldfuchs'schen Hause*
Fanny, *Kammermädchen* – *im Goldfuchs'schen Hause*
Friedrich, Anton – *Bediente* – *im Goldfuchs'schen Hause*
Schlucker, ein armer Tandler[2]
Frau Sepherl, *sein Weib*
Adolf, *21 Jahre alt, Tagschreiber bei einem Notar* – *seine Kinder*
Christoph, *13 Jahre alt* – *seine Kinder*
Nettel, *11 " "* – *seine Kinder*
Seppel, *8 " "* – *seine Kinder*
Resi, *5 " "* – *seine Kinder*
Damian Stutzel[3], *Frau Sepherls Bruder, ein zugrunde gegangener*[4] *Tandler und jetzt Gehilfe seines Schwagers*
Salerl, *eine entfernte Anverwandte Schluckers*
Georg Michael[5] Zins, *ein Hausherr*
Monsieur Bonbon
Wilm, *Sekretär eines Lords*
Plutzerkern[6], *ein Greisler*[7]
Zuwag[8], *ein Aufhackknecht*
Zech, *ein Kellner*

1 jemand, der um hoher Gewinne willen unsichere Geschäfte macht.
2 (von *Tand* ›wertloses Zeug‹) Trödler.
3 Knirps.
4 *zugrunde gehen:* Pleite machen.
5 die Vornamen weisen auf den 23. April (Georg) und 29. September (Michael) hin, die damals als Termine für die Mietzahlung üblich waren.
6 Kürbiskern.
7 Lebensmittelhändler.
8 Knochenbeigabe zum Fleisch.

Meridon[9], *erster* / Aspik, *zweiter*	*Koch*	*im Goldfuchs'schen Hause*
François, *Küchenjunge*		

Wermuth, *Buchhalter eines Großhandlungshauses*

Herr von Steinfels Dessen Frau Herr von Wachsweich Dessen Frau	*Hausfreunde bei Herrn von Goldfuchs*

Ein Gerichtsbeamter

Grob Trumpf	*Tandler*
Erster Zweiter	*Wächter*

Mehrere Herren und Damen, Tandler und Tandlerinnen, Bediente, Küchenpersonale

Die Handlung spielt zugleich in der Wohnung des Herrn von Goldfuchs im ersten Stocke und in Schluckers Wohnung zu ebener Erde in einem und demselben Hause.

Anmerkung. Alles links Stehende wird zu ebener Erde gespielt, so wie alles rechts Stehende im ersten Stocke.

Musik von Adolf Müller. Erstaufführung am 24. IX. 1835, bis 1856 im ganzen 134mal aufgeführt.

9 vielleicht von *Meridion* ›der Südliche‹; Goldfuchs leistet sich den Luxus ausländischer Köche.

ERSTER AUFZUG

Die untere Abteilung zu ebener Erde stellt ein ärmliches Zimmer dar. Rechts eine Seitentüre, links gegen den Hintergrund die allgemeine Eingangstüre, mehr gegen den Vordergrund ein Fenster.

Die obere Abteilung stellt ein äußerst elegant möbliertes Zimmer in der Wohnung des Herrn von Goldfuchs dar. Im Hintergrunde zwei mit Flügeltüren verschlossene Bogen; rechts eine Seitentüre, links gegen den Hintergrund die allgemeine Eingangstüre, mehr gegen den Vordergrund ein Fenster.

ERSTER AUFTRITT

Sepherl, Plutzerkern, Zuwag, Zech, Christoph, Seppel, Nettel, Resi.

Friedrich, Anton, mehrere Bediente.

Introduktion[10]

(Frau Sepherl geht ängstlich auf und nieder. Plutzerkern, Zuwag und Zech fordern ungestüm ihr Geld. Die Kinder stehen ängstlich zur Seite.)

(Alle sind beschäftigt, auf einer prachtvoll gedeckten Tafel die Aufsätze[11] in Ordnung zu bringen.)

Plutzerkern, Zuwag, Zech *(zugleich wie im Chor[12]).*
Wird's einmal werden oder nicht?
Wann krieg'n wir unser Geld?
Was wär' denn das, wenn man's verspricht
Und 's Wort gar niemals hält!?

Friedrich, Anton *(zugleich mit dem Chor).*
Nur hurtig, fleißig, zaudert nicht,
Die Tafel trägt uns Geld;
Wenn s' unsers Herren Wunsch entspricht,
Ein jeder was erhält.

Zech. Ich hab' fünf Gulden dreiß'g Kreuzer z' krieg'n!

Friedrich. Heut muß der Tisch sich völlig bieg'n.

10 musikalisches Vorspiel.
11 Prunkgeschirr als festlicher Tischschmuck.
12 Übernahme aus dem Formenschatz des Singspiels; der Chor hat einleitende, charakterisierende, stimmungserzeugende und am Aktschluß abschließende Funktion.

Zuwag. So lang gib ich 's Fleisch auf Kredit!
Plutzerkern. Ich will das Geld hab'n für mein Schmalz!
Alle drei *(zugleich wie oben).*
Wird's einmal werden oder nicht?
Wann krieg'n wir unser Geld?
Was wär' denn das, wenn man's verspricht
Und 's Wort gar niemals hält!?
Sepherl *(zu den Gläubigern).* Meine lieben Herrn, martern S' mich nicht. Wenn ich kein Geld hab', kann ich nicht zahlen, und wenn ich eins krieg', so werd' ich zahl'n.
Plutzerkern. Wer kein Geld hat, soll auch nix essen.
Christoph. Versteht sich! Kinder haben nie ein Geld und essen alleweil.
Sepherl *(ängstlich zu Christoph).* Wirst still sein, du machst ja die Herrn bös!
(Plutzerkern, Zech und Zuwag beratschlagen sich im stillen miteinander.)

Plutzerkern. Es is nix anzufangen mit der Bagage![13]

Anton. Der Aufsatz kommt daher in d' Mitt'!
Friedrich. Da neb'n die Blumen kommt das Salz.
Friedrich, Anton *(zugleich mit dem Chor).*
Nur hurtig, fleißig, zaudert nicht,
Die Tafel trägt uns Geld;
Wenn s' unsers Herren Wunsch entspricht,
Ein jeder was erhält.
(Die Bedienten beschäftigen sich mit dem Ordnen der Tafel.)

Friedrich *(zu den übrigen).* Kameraden, Trinkgelder wird's regnen heut.
Anton. Nur achtgeben, daß uns der Johann bei der Teilung nicht betrügt.

Friedrich. Beim Arbeiten laßt er sich nicht sehn, beim

13 (frz.) Gesindel, Pack.

Hinunterleuchten[14] aber, da is er der Fleißigste.
Anton. Wir müssen ihm recht auf die Kappen gehen.[15]
Alle. Oh, er wird uns nicht zu g'scheit. *(Mit Anton links ab.)*
(Friedrich bleibt zurück und stellt die Stühle um die Tafel.)

Plutzerkern *(zu Sepherl).* Bis wann kann d' Frau zahl'n?
Sepherl. Ich hoff', in vierzehn Täg'n.
Plutzerkern. Gut, so lang wollen wir warten, aber während die vierzehn Tag' kommen wir alle Tag' her und machen ein Spektakel.
Sepherl *(bittend).* Aber zu was denn?
Zuwag. Das sein unsere Interessen[16].
Plutzerkern, Zuwag *und* Zech *(zugleich).* Alle Tag' wird ein Skandal g'macht! *(Links im Hintergrunde ab.)*

ZWEITER AUFTRITT

Sepherl, die Kinder.

Sepherl. Ich bin doch ein recht unglückliches Weib. Mein' Mann sein Verdienst so schlecht und die Schar Kinder zum Abfüttern!
Christoph. Und das glaubt kein Mensch, was die

Friedrich, dann Goldfuchs.

(Friedrich legt auf dem Tisch links Servietten zusammen.)

14 die Gäste beim Abschied mit der Laterne hinunterbegleiten.
15 nachgehen, kontrollieren.
16 (lat.) hier: Zinsen.

Kinder essen, und essen müssen s', sonst wachsen s' nicht.
S e p h e r l. Halt 's Maul! Schau deine jüngern G'schwister an, die sagen nix, und du, der größte, du hast allweil 's Essen im Kopf.
C h r i s t o p h. Freilich hab' ich's in Kopf, aber warum? Weil ich's nit in Magen hab'.
N e t t e l. Wenn mir der Vater ein neu's Kleid gibt, was er als so alter kauft,[17] das ist mir lieber als alles Essen der Welt.
S e p p e l. Eitle Kreatur!
R e s i *(mit einem Hanswurst spielend)*. Ich verlang' mir gar nix, wenn ich nur allweil spielen kann.

F r i e d r i c h. Das Geld möcht' ich haben, was mein Herr ausgibt in ein' Jahr. *(Trägt die Servietten zur Tafel zurück.)*

C h r i s t o p h. Jetzt G'spaß apart,[18] Mutter, wird heut gar nit kocht?
S e p h e r l. Wenn der Vater ein Geld nach Haus bringt, sonst nit.
C h r i s t o p h. Da ist's z' spat, da kommen wir aus der Ordnung.
S e p h e r l. Was will ich machen? Zum Versetzen hab' ich nix mehr.
C h r i s t o p h. Vielleicht ist

17 als so altes kauft; Wortspiel (Dialektbildung).
18 Spaß beiseite.

doch noch was da, ich trag's ins Amt[19].

(Sepherl geht zu einem Wandschrank, öffnet ihn und sucht in demselben.)

Goldfuchs *(tritt aus rechts).* He, Friedrich! – Gut, daß Er da ist, ich habe noch Verschiedenes hier aufnotiert. *(Durchblättert seine Schreibtafel und setzt sich im Vordergrunde rechts auf einen Stuhl.)* Die Tischweine brauchen wir gar nicht, wir fangen gleich mit dem Mosler an.

Friedrich. Sehr wohl, Euer Gnaden!

Goldfuchs. Und hat Er dem Koch wegen dem Spargel gesagt?

Friedrich. Der Koch meint, im Oktober bekommt man das Stammerl[20] nicht unter ein' Gulden.

Goldfuchs. Nun –?

Friedrich. Da hab' ich g'sagt, ich muß Euer Gnaden erst fragen, ob's nicht zu teuer ist.

Goldfuchs *(aufgebracht).* Impertinenter Pursche! Mir ist gar nichts zu teuer als der Lohn, den ich für einen Schlingel von so gemeiner Denkungsart zahle, wie Er ist. *(Blättert in seiner Schreibtafel.)*

(Friedrich beschäftigt sich an der Tafel.)

Sepherl. Die Kleider sein schon alle versetzt.

Christoph. So gehn wir über d' Wäsch'!

19 Versatzamt, Leihhaus.
20 Stämmchen, Bündel.

Sepherl. Du wirst einmal ein rechter Lump werden.
Christoph. Das sagt der Vater auch, und was die Eltern sagen, das muß g'schehn.
Sepherl *(suchend)*. Da ist es umsonst. Jetzt will ich noch drin in den andern Kasten[21] schaun. *(Rechts ab mit den Kindern.)*
Christoph *(folgend)*. Vielleicht finden wir da auch nix. Übrigens, Hunger g'litten wird nit! Da muß eher alles Bett'gwand studieren.[22] *(Ab.)*

Goldfuchs *(dem mittlerweile das Schnupftuch auf die Erde gefallen ist)*. Apropos, Friedrich, sag' Er dem Koch, die Trüffelpasteten kommen nicht *nach*, sondern *vor* den Fasanen.
Friedrich *(das Tuch aufhebend)*. Euer Gnaden, das Schnupftuch ist auf die Erde gefallen. *(Will es überreichen.)*
Goldfuchs *(erzürnt)*. Kecker Schuft! Was mutet Er mir zu? Glaubt Er, ich werde etwas berühren, was schon einmal auf die Erde gefallen ist?
Friedrich. Es ist aber vom feinsten Batist.
Goldfuchs. Augenblicklich werf' Er es zum Fenster hinunter! *(Steht auf und liest in seiner Schreibtafel.)*
Friedrich *(tut, als ob er das Schnupftuch zum Fenster hinauswürfe, steckt es aber*

21 Schrank.
22 muß eher alle Bettwäsche verpfändet werden.

schnell in die Tasche). Es is schon drunt', Euer Gnaden. Es steckt's grad einer ein.

Goldfuchs. Der Johann soll sogleich zu mir kommen! *(Rechts ab.)*

Friedrich *(allein).* Ich bin kein Wahrsager, sondern nur ein Bedienter, ich glaub' aber allweil, ich werd' noch was haben, wenn der einmal nix hat. *(Links ab.)*

DRITTER AUFTRITT

Damian *(kommt, während sich die Musik in ein trauriges Ritornell*[23] *verändert, im abgerissenen Anzug zur Mitte herein, ein Bündel unter dem Arme tragend).*

Lied[24]

1.

Am allerlängsten ehrlich währt,
Das Sprichwort hab' ich oft schon g'hört,
Das Sprichwort paßt für alle Leut',
In jedem Stand, zu jeder Zeit,
Das will ich glaub'n, doch sei's, wie's sei,
Ein Tandler geht zugrund dabei.

23 wiederkehrendes instrumentales Vor-, Zwischen- oder Nachspiel bei Liedern.
24 Hier in der Form des Couplets, eines komisch-satirischen Liedes, dessen parallelgebaute Strophen (Couplet: Reimpaar) stets mit dem gleichen Refrain schließen. Zur »Posse mit Gesang« gehören in der Regel zwei bis drei Couplets, oft als Standes- oder Metier-Couplet, in denen die Figuren über Parallelen zwischen Leben und Stand, Metier usw. reflektieren und zu einem pointierten »Schluß« kommen.

2.

Ich bin ein seelenguter Narr,
Ich überbiet' mein Leben kein' War',
Ich hab' – 's weiß 's jeder, der mich kennt –
Zum Leut' betrügen kein Talent.
Drum sag' ich es ganz unverhohl'n:
Ich hätt' kein Tandler werden soll'n.

Johann *(tritt nach einem Ritornell zur Seite links ein, in eleganter Livree, und hat eine Malagabouteille*[25] *samt Glas in der Hand).*

Lied

(Sehr lebhafte Musik.)

1.

Gibt mein Herr a Tafel, so trinkt er ein' Wein,
Und das zwar ein' guten, doch der beste g'hört mein.
Für all's, was ich kauf', rechn' ich's Vierfache an,
Mein Herr, der bezahlt's, 's ist ein seel'nguter Mann;
Und gibt 'r auch die Tafel beim hellichten Tag,
Ich komm' mit ein' Konto[26] für d' Wachskerzen nach;
Und wenn er was merkt, da wird's pfiffig gemacht,
Da bring' ich geschwind meine Kam'rad'n in Verdacht.

25 Flasche mit Süßwein aus Malaga.
26 (ital.) Rechnung.

2.

Drum sag' ich: Esprit[27] hab'n,
dann is's a Vergnüg'n,
D' Herrschaft kann man dann
alle Tag' b'stehl'n und be-
trüg'n.
Jetzt will ich d' Livree a drei
Jahrl noch trag'n,
Dann halt' ich mir selb'r ein
Roß und ein' Wag'n,
Ich halt' mir a Köchin, ein'
Kutscher, ein' Knecht,
Nur ja kein' Bedienten, und
da hab' ich recht,
Denn Halunken gibt's unter
d' Bedienten, 's is g'wiß,
Das kann der nur beurteil'n,
der selb'r einer is.
(Nimmt sich einen Stuhl, setzt sich im Vordergrunde links nieder und trinkt gemächlich.)

Damian *(nach Johanns Gesang).* Mit alte Kleider handeln is eine wahre Lumperei, es schaut nix heraus dabei als höchstens der Ellbogen, wenn man s' anzieht. Ich war einmal mein eig'ner Herr, bin viermal z'grund'gangen in ein' Jahr, jetzt bin ich Sklav' bei mein' Schwagern; um nur was z' essen zu haben, bleib' ich in einem Dienst, wo ich Hunger leiden muß. Das muß anders werden. Mir bleibt nur ein Ausweg mehr; ich geb' auf Pränumeration[28] ein Werk heraus: »Systematische Anleitung zur Lumpen- und Fetzen-

27 (frz.) Geist, Witz.
28 (lat.) Vorausbestellung, Vorauszahlung.

kunde« – entweder das bringt mir was ein oder ich bring' mich um. *(Geht zurück zu einem Stuhl, öffnet den Bündel und nimmt daraus einen braunen, gut konservierten Männerrock und hängt ihn über die Stuhllehne.)*

J o h a n n. Was haben diese Leut', die Alchimisten, alles über Goldmacherkunst studiert! Ich weiß ein prächtiges Rezept. Man nehme Keckheit, Devotion[29], Impertinenz[30], Pfiffigkeit, Egoismus, fünf lange Finger, zwei große Säck'[31] und ein kleines Gewissen, wickle das alles in eine Livree, so gibt das in zehn Jahren einen ganzen Haufen Dukaten. Probatum est[32]!
(Es wird in der Türe rechts geläutet.)
Mein gnädiger Herr läut't. Soll ich aufs erstemal Läuten hineingehen? – – Mein'twegen, weil ich heut gerade bei Laune bin. *(Rechts ab.)*

D a m i a n. Da hab' ich ein' Rock z' kaufen kriegt, da kann mein Schwager wieder a paar Gulden profitieren dran. Was is aber das gegen den Profit, den andere haben. Seit der Existenz des Geldes gibt es in jedem Stand Reiche und Ärmere. Es ist ein Unterschied

29 (lat.) Ergebenheit, Unterwürfigkeit.
30 (lat.) Unverschämtheit, Frechheit.
31 (Hosen-)Taschen.
32 (lat.) Es ist erprobt.

zwischen Bäck[33] und Bäck, es ist eine Differenz zwischen Fleischhacker und Fleischhakker, aber der Abstand, der zwischen Tandler und Tandler is, der geht schon ins Unberechenbare hinein. Es gibt Tandler, die schauen ein' Großhändler über die Achsel an, und wieder solche, gegen die jeder Lichtblattlmann[34] ein Kommerzienrat[35] ist. Mich hat das Schicksal bestimmt, das verworfenste Individuum der untersten Gattung zu sein. Dazu noch eine ungesättigte Leidenschaft im Herzen; das hat schon frische, feste Leut' zusamm'g'rissen, was hab' ich erst zu erwarten, der ich schon so viele Jahre auf 'n Tandelmarkt bin.

(Die brillant servierte Tafel wird jetzt von den Bedienten aus dem Saale in das Zimmer gebracht und im Hintergrunde so niedergestellt, daß vor und hinter derselben Raum für die handelnden Personen bleibt.)

(Man hört sprechen von außen.)

Was is das? Das ist der Salerl ihre Stimm' und eine Mannsbilderstimm'–!Mordelement–! *(Verbirgt sich schnell hinter einem Wandschrank.)*

VIERTER AUFTRITT

Voriger; Salerl und Monsieur Bonbon (kommen aus links).

Salerl *(läuft ängstlich herein; sie trägt eine Haubenschachtel[36] in der Hand).* Aber

33 oberdt. Nebenform zu *Bäcker.*
34 Verkäufer von Lichtplatten, Kerzenhaltern.
35 bis 1919 Titel für Großkaufmann, Industrieller.
36 Hutschachtel.

ich bitt', – ich weiß gar nicht –

B o n b o n *(sie verfolgend).* Liebes Kind – schönes Kind – herziges Kind, ich bin hier bekannt im Hause – man darf mich nicht sehn –

S a l e r l. Ja, so gehn Euer Gnaden!

B o n b o n. Ich speise heute zu Mittag hier im ersten Stock.

S a l e r l. Ich wünsch' guten Appetit.

B o n b o n *(sehr eilig).* Du mußt mir schreiben, Goldschätzchen, wann ich dich sprechen kann, du Herzchen! Ich lasse vor Tisch eine Schnur vom Fenster herab, du bindest ein zärtliches Briefchen daran, ich ziehe es hinauf – verstehst du? Adieu, lieber Schatz, adieu! *(Ab.)*

FÜNFTER AUFTRITT

Vorige ohne Bonbon.

S a l e r l *(ihm erstaunt nachsehend).* Ah, da muß ich bitten! Der glaubt, man darf nur Haferl sagen.[37]

D a m i a n *(aus seinem Versteck hervortretend).* Meineidige! Was hab' ich g'sehn?!

S a l e r l. Einen alten Stutzer[38], sonst nix.

D a m i a n. Wie kommt er in deine Nähe?

S a l e r l. Auf seine zwei Spa-

37 Redensart: man braucht nur Haferl (Töpfchen) zu sagen, und es ist gefüllt (wohl auf Märchenwunsch zurückgehend).
38 Modenarr, Geck.

zierhölzer. Er is mir nachg'rennt wie ein Wahnsinniger, hat mir eine Menge Schönheiten g'sagt und hat mich gar nicht zu Wort kommen lassen, so oft ich 'n hab' fortschaffen wollen.

Damian. Ich sag' dir's, reiz mich nicht. Ich bin ein guter Kerl, aber in der Eifersucht kann ich dem Othello ein Doublé[39] vorgeb'n.

Salerl. Hör auf, ich glaub', ich geb' dir nit viel Anlaß.

Damian. Wenn ich nicht so hungrig wär', den hätt' ich g'haut –! So aber fühl' ich mich zu kraftlos; allein es handelt sich nur um drei Bandel[40] Leberwürst', und ich bin wieder Mann und zerreiße öng[41] in Lüften alle zwei!

Salerl. Du bist ein Narr! Jetzt sei wieder gut, denn ich mag nur die guten Narr'n.

Damian. Dem Krippenreiter[42] kann ich's nit schenken, ich hab' so einen Rachedurst in mir!

Salerl. Geh, geh, das wird wohl ein anderer Durst sein.

Damian. Is möglich, aber Wasser löscht ihn auf kein' Fall; ich glaub' immer, es wird's nur Rache tun.

39 Stoß beim Billardspiel, zusammen mit *Double* (Schauspieler, der den Hauptdarsteller ersetzt oder vertritt) und *Othello* ein Wortspiel.
40 Maßbezeichnung: ein Bandel = 4 Stück.
41 euch.
42 nach Grimm *(Deutsches Wörterbuch)* Spottname für einen verarmten Adeligen, im Österreichischen für einen alten, sehr mageren Mann; allgemein ›Schwächling‹.

Salerl. Probier's halt derweil mit a paar Seitel[43] Heurigen.
Damian. Foppst mich? Meine Kassa verträgt solche Depensen[44] nicht. Da oben *(gegen den ersten Stock zeigend)*, ja, da könnten s' ei'm was zukommen lassen. Der reiche Herr ober uns gibt große Tafel. Sein wir nit eing'laden?
Salerl. Du Dalk[45]! Da speisen lauter reiche Leut'!
Damian. Das is eben das Dumme und höchst Ungerechte. Wenn die reichen Leut' nit wieder reiche einladeten, sondern arme Leut', dann hätten alle genug zu essen.
Salerl. Geh, du red'st wieder so g'schwoll'n.
Damian. O nein, meine Red' is philosophisch, und das Geschwollene g'hört ins Medizinische.
Salerl. Man muß die Welt nehmen, wie s' is, und nicht, wie s' sein könnt'.
Damian. Mich wird die Welt bald gar nix mehr kümmern.
Salerl. Das kann nur der sagen, der sehr hoch steht.
Damian. Oder der, der sehr tief liegt.
Salerl *(befremdet)*. Tief liegt?
Damian. Ja, im Grab.

43 Hohlmaß: 0,354 l.
44 (frz.) Ausgaben, Aufwand.
45 Tölpel.

S a l e r l. Jetzt hör mir auf!

D a m i a n *(kleinlaut)*. Wenn der Mensch gar kein Glück hat –

S a l e r l. So muß er geduldig warten, bis 's Glück kommt.

D a m i a n. Mir bleibt's z' lang aus, ich fang' schon an, kleinmütig z' werd'n.

S a l e r l. Schäm dich! Bist du ein Mann?

D a m i a n. Ja, aber ein kleinmütiger!

S a l e r l. 's Glück is kugelrund;[46] es kann alles noch anders werd'n.

D a m i a n. Ich bin halt kleinmütig!

S a l e r l. Da hast zwölf Groschen auf ein' Wein. *(Gibt ihm eine Handvoll Kupfermünzen.)*

D a m i a n. Du bist großmütig!

S a l e r l. Jetzt geh, Narr, und komm g'scheit zurück. Ich kenn' dich, beim dritten Seitel erscheint dir alles in einem andern Licht. *(Rechts ab.)*

D a m i a n *(allein)*. Wer hätte so eine ausgebreitete Menschenkenntnis in dieser klebern[47] Person gesucht?

46 Beliebte Redensart auf der Wiener Volksbühne, abgeleitet vom barocken Fortuna-Motiv: Die rollende Kugel mit der Glücksgöttin Fortuna symbolisiert die Wandelbarkeit des Glückes.
47 mageren, zarten, schmächtigen.

SECHSTER AUFTRITT

Damian, Schlucker (schlecht gekleidet, aus links).

Schlucker *(erhitzt).* Ah, der Damian is da? Gut!
Damian. Was will der Schwager?
Schlucker. Schon wieder neue G'schichten!
Damian. So?
Schlucker. Mein Sohn ist in die Goldfuchs'sche Fräule verliebt.
Damian. Da ober uns? Das ist schon a alte Geschicht', die g'hört auf 'n Tandelmarkt.
Schlucker. Für mich ist s' neu, nagelneu, und darf gar nit alt werden.
Damian. 's Stubenmadel tragt Posten,[48] d' Fräule geht ein bissel über d' Stiegen herunter, der Sohn a bissel auf d' Stiegen hinauf, auf 'n halben Weg kommen s' zusamm'.
Schlucker. Ich werd' s' auseinandertreiben! Da käm' weiter kein Spektakel heraus! Ich hab' jetzt noch einen notwendigen Gang, drum geh' der Schwager hinein zu der Meinigen, sie soll mir den Malefizbuben[49] nicht außer Augen lassen. *(Immer hitziger und geschwinder.)* Wie er nach Haus kommt, muß er in die Kammer hinein und derf ja nicht mit kein' Blick auf die

48 hält Wache.
49 von lat. *maleficium* ›Übeltat, Missetat‹.

Stiegen hinausgehn, mit kein' Fuß beim Fenster hinausschaun. Sie soll bedenken, was uns der alte Herr von Goldfuchs für eine Historie anfanget, sie soll bedenken, daß er glaubet, wir sind einverstanden mit dem Liebeshandel, sie soll bedenken, daß er's dahin bringen könnt', daß wir abgeschafft würden, sie soll bedenken, daß wir zwar schlechte Leut' sein, daß man uns aber nichts Armes nachsagen kann; das sag' ihr der Schwager, ich hab' jetzt einen notwendigen Gang. *(Eilt links ab.)*

SIEBENTER AUFTRITT

Damian, dann Sepherl.

Damian *(allein)*. Mir scheint, der war beim Heurigen. – Die Kommission[50] ist mir zu lang. *(Geht zur Tür rechts und ruft.)* Sepherl, Schwester! Du sollst achtgeben auf 'n großen Buben. *(Will links ab.)*

Sepherl *(steckt den Kopf aus rechts)*. Was ist's?

Damian. Ich hab's schon einmal g'sagt, zweimal red' i nit. *(Ab.)*

Sepherl. Na, na, der hat's wieder g'nätig[51]. *(Geht zurück.)*

50 (frz.) Auftrag.
51 *g'nätig (g'nötig):* eilig.

ACHTER AUFTRITT

Zins, Friedrich (aus links).

Zins *(gibt Friedrich Geld).* Da hat Er ein' Gulden, Freund, meld' Er mich; sag' Er nur, ich hab' in einer dringenden Angelegenheit zu sprechen.

Friedrich. Sogleich, Euer Gnaden! *(Rechts ab.)*

Zins *(allein).* Ich weiß nicht – ich habe eine ordentliche Furcht in mir – ei, was! Ich hab' ihm einen so wichtigen Dienst[52] geleistet, und überhaupt, was hat denn ein Hausherr zu fürchten?! – Ich bin freilich schon 47 Jahr' – aber ich hab' drei Häuser; auf mein' G'sicht sein freilich einige Blattermasen[53] – aber auf meine Häuser sein keine Sätz'[54]! – Mit einem Wort, ich bin ein junger, sauberer Kerl, ich riskier's!

NEUNTER AUFTRITT

Zins, Goldfuchs, Johann, Friedrich (aus rechts; letzterer geht gleich ab).

Goldfuchs. Was seh' ich, der Hausherr!? Sie kommen um den Zins? Wissen Sie, daß morgen erst der Tag ist? Mir

52 *wichtigen Dienst:* Rest aus einer älteren Stückfassung, in der Zins für Goldfuchs eine Summe Geldes vor dem Bankrott des Bankhauses, bei dem sie deponiert war, gerettet hat. Nestroy hat dieses Motiv, das die Wiederherstellung des früheren Wohlstandes bei Goldfuchs ermöglichen sollte, später gestrichen, diese Stelle aber stehengelassen (vgl. auch *Sämtliche Werke*, Bd. 8, S. 147 f.).
53 Blatternarben.
54 Hypotheken.

ist es zwar gleichgültig, ob ich eine Bagatelle[55] von zweitausend Gulden einen Tag früher oder später bezahle, aber es sieht so aus, als ob Sie Mißtrauen in meine Pünktlichkeit setzten.

Zins. Ich bitte – ich komme –

Johann. Wir sind noch nie unsern Zins schuldig geblieben und wir werden uns wegen dumme zweitausend Gulden auch noch nicht schmutzig machen.

Zins *(ernst zu Johann)*. Was hat denn Er –?

Goldfuchs *(sehr gütig zu Johann)*. Schweig, Johann!

Johann *(heuchlerisch)*. Ja, wenn Euer Gnaden wer tuschiert[56], das is mir grad, als wenn man mir ans Leben ging'.

Goldfuchs *(für sich)*. Braver Pursche das –

Zins. Mein Anliegen ist ganz anderer Art! Ich komme aus keiner halbjährigen, sondern aus einer lebenslänglichen Ursache; mit einem Wort, ich möchte heiraten.

Goldfuchs. Tun Sie das immerhin – aber was –

Johann. Was geht denn das uns an?

Goldfuchs. Mir diese Konfidenz[57] zu machen, ist doch ein äußerst barocker Gedanke.

55 (frz.) Kleinigkeit.
56 (frz. ›berührt‹) zu nahe tritt, beleidigt.
57 (lat.) vertrauliche Mitteilung.

Johann. Ein Friseur könnt' keinen parockeren[58] Gedanken haben.

Zins *(ernst zu Johann).* Wird Er mich zu Wort kommen lassen? *(Zu Goldfuchs.)* Sie kennen meine Vermögensumstände, wissen, daß ich drei Häuser hab', wissen, daß ich ein ehrlicher Mann bin, drum nehm' ich mir ohne Umständ' die Freiheit und halte um die Hand Ihrer Tochter an.

Goldfuchs *(erstaunt).* Wa – was? – *(Will sich ärgern, betrachtet aber Zins mit geringschätzender Miene und bricht in lautes Gelächter aus.)* Hahahahaha!

Johann *(Zins messend).* Hahahahaha!

Zins *(zu Goldfuchs).* Was ist denn da Lächerliches dran?

Goldfuchs *(ernst und stolz).* Danken Sie es meinem gegenwärtigen guten Humor, daß ich nur lache über Ihr keckes Begehren.

Johann. Sei'n Sie froh, wenn wir lachen, denn sonst –

Zins *(fest zu Johann).* Was sonst –?

Johann *(zurücktretend).* Das wird schon mein Herr sag'n.

Goldfuchs *(gütig zu Johann).* Ruhig, Johann, ruhig! *(Kalt und stolz zu Zins.)* Ohne mich mit Ihnen in Weitläufigkeiten einzulassen – ich habe

58 Wortspiel *barock / Perücke* (österr. *Parucken*)

andere Pläne mit meinem Mädl.
Johann. Ganz andere Pläne haben wir mit unserm Mädel.
Zins *(seinen Zorn verbeißend)*. Wär' ich Ihnen also zu schlecht zum Schwiegersohn?
Goldfuchs. Wie Sie's nehmen wollen. Ich fordere nicht bloß Reichtum, sondern auch gute Herkunft von meinem Eidam[59].
Zins. Erlauben Sie mir, mein Vater war nicht reich, aber ein Ehrenmann. Ist das der Ihrige auch gewesen?
Goldfuchs. Mein Vater war Lieferant, ich bin geborner Millionär.
Johann *(zu Zins)*. Folglich gibt's da für Ihnen keine Braut. Zu kühne Wünsche kommen von erhitztem Gehirn; nehmen Sie Eisumschläg' auf 'n Kopf, es kann nicht schaden.
Zins *(losbrechend)*. Jetzt hab' ich's satt, Er infamer Schlingel –! *(Will auf Johann los.)*
Goldfuchs *(zwischentretend)*. Halt! Eine Rauferei in meinem Hause –!?

ZEHNTER AUFTRITT

Emilie, Fanny; Vorige.

Emilie *(erschrocken, von rechts)*. Was geht da vor?
Fanny *(zu Emilien)*. Still, still –! *(Zieht sich mit Emilien unbemerkt zurück.)*

59 Schwiegersohn.

Johann. Ich glaub', er hat einen Rausch.

Goldfuchs *(zu Zins).* Herr, Sie sind mit Ihrem Begehren abgewiesen, dort ist die Türe!

Zins *(aufgebracht).* Was? Mich hinausschaffen aus meinem eigenen Haus?

Goldfuchs. Ich bezahle den Zins, diese Wohnung ist mein.

Johann *(zu Zins).* Die Aufkündigung können S' uns schicken, morgen, nachher derfen S' aber erst noch ein halb's Jahr nit herein.

Goldfuchs. Adieu! *(Sehr stolz.)* Es ist schade, daß ich mich echauffiere[60]. *(Ab.)*

(Zins will erbittert etwas erwidern, erblickt aber das Fräulein, hält sich zurück und läßt mit unterdrückter Wut Johann bis zu Ende reden.)

Johann *(zu Goldfuchs während des Abgehens).* Ja, echauffieren wir uns nicht! *(Sehr keck zu Zins.)* Man muß nicht glauben, wenn man ein Hausherr is, daß man dann alles durchsetzt. Hausherr kann ein jeder sein, der sich ein Haus kauft; und überhaupt, da is jetzt gar nit drauf zu gehn; heutzutage gibt's Hausherrn, daß Gott erbarm'! Jeder Stein ist beim Grundbuch vernagelt, und dreiß'g Jahr' zieht der

60 aufrege.

Baumeister den Zins, die Sponponaden[61] kennt man schon! *(Ab.)*

ELFTER AUFTRITT

Zins, Emilie, Fanny.

Zins. Dem Kerl muß ich eine Tracht Prügel z'wegen bringen, und wenn mich 's Stuck auf ein' Dukaten kommt.

Fanny *(zu Zins).* Was ist denn eigentlich vorgefallen?

Emilie. Lieber Herr von Zins, ich bin so erschrocken –

Zins *(beiseite).* Jetzt geht's in ein'! – Ich mach' ihr meinen Antrag; mag sie mich, dann setz' ich mein ganzes Vermögen dran, sie muß die Meinige werden. *(Zu Emilie.)* Mein Fräulein, ich hab' bei Ihrem Herrn Papa um Ihre Hand angehalten und bin abgewiesen worden. Gesetzt, ich hätt' bei Ihnen zuerst angeklopft, was für eine Antwort hätt' ich erhalten?

Emilie. Herr von Zins, Sie sind mir ein zu schätzenswerter Mann, als daß ich Ihnen meine Gefühle verheimlichen sollte.

Zins *(freudig überrascht).* Reden Sie –! *(Beiseite.)* Sie ist verliebt in mich! Oh, ich glücklicher Kerl!

Emilie. Ihnen will ich mein

61 (von ital. *spampanare* ›aufschneiden, prahlen‹) Großtuereien, Aufschneiderei.

Vertrauen schenken. Möchte mir dies Anspruch auf Ihre Güte erwerben! Gerade Sie könnten viel tun für mein künftiges Glück.

Zins *(entzückt)*. Alles – alles! Reden Sie nur!

Emilie. Ich fühle mich geehrt durch Ihren Antrag, doch mein Herz gehört schon einem Jüngling –

Fanny *(zu Zins)*. Wohlgemerkt, einem *Jüngling*!

Emilie *(fortfahrend)*. Von edlem Gemüte, aber arm.

Zins *(ganz verblüfft)*. So –?

Emilie. Sie kennen ihn; er ist der Sohn einer Ihrer Parteien; der Sohn des Trödlers da unten.

Zins *(losbrechend)*. Was? So einen Springinsfeld zieht man einem Hausherrn vor?

Fanny. Ja, die Liebe fragt nichts nach Georgi und Michaeli; Luftschlösser sind ihre liebsten Häuser, ihr Grundbuch ist das Herz, der Zins wird mit Küssen bezahlt.

Zins *(böse zu Fanny)*. Geh' Sie mir aus dem Weg! Ich bin so in Grimm, daß ich mich selber zerreißen könnt'.

Fanny. Sie sind Ihr eigener Herr.

Emilie *(ihn besänftigend)*. Herr von Zins –

Zins *(ohne auf sie zu hören, für sich)*. Ich bin furchtbar abgebrennt[62]. Aber ich weiß, was

62 mittellos, hier: durchgefallen.

ich tu'! Der Sohn einer Zu-ebener-Erd-Partei soll über einen Hausherrn triumphieren? Nein, das darf nicht sein! *(Eilt erzürnt links ab.)*

ZWÖLFTER AUFTRITT

Später Adolf und Damian.

Vorige ohne Zins.

Fanny. Hu! Dem brennt der Kopf!

Emilie. Er ist ein vernünftiger Mann; wenn der Zorn vorüber ist, so –

Fanny. Jetzt von was anderm, Fräul'n! Ich lass' Ihnen nicht mehr aus; jetzt müssen Sie dem armen Adolf schreiben. Der gute Mensch ist so melancholisch, so –

Emilie. Wie kann ich? Er hat ja mir noch nie geschrieben.

Fanny. Er traut sich nicht, und eins muß ja den Anfang machen. Unter uns gesagt: Sie müssen nicht bös sein, Fräulein, aber ich hab' ihn heut begegnet und da hab' ich ihm versprochen, weil er gar so blaß war, er kriegt heut Schlag eins einen Brief von Ihnen. Da hat der Mensch eine Freud' g'habt, ah –! *(Nach der Wanduhr sehend.)* Aber es ist schon bald ein Uhr –

Emilie *(eilig)*. Geschwinde, Feder, Tinte und Papier!

Fanny *(öffnet die Lade des kleinen Tischchens und nimmt*

das Verlangte heraus). Da ist schon alles!

(Emilie setzt sich rechts und schreibt, Fanny sieht nach dem Fenster.)

(Adolf und Damian kommen durch die Mitte links.)

Damian *(benebelt).* Ich lass' dich nicht aus, du mußt mir den Brief schreiben.

Adolf. Vetter, ich hab' jetzt unmöglich Zeit.

Damian. Du bist der Sohn meiner Schwester, du mußt Zeit haben; ich befehl' es als Oheim, verstehst du, als Oheim!

Adolf *(nach einer hölzernen Wanduhr sehend, für sich).* Bald wird es ein Uhr schlagen, die Stunde, der ich mit banger Ungeduld entgegensehe. – Wenn ich ihn nur fortbrächte!

Damian. Du bist eine schwärmerische Seele, liest Romane, red'st hochdeutsch, hast einen guten Stil, du mußt mir den Brief schreiben.

Adolf. Gut also, aber schnell! – Was hab' ich zu schreiben? *(Sieht während der folgenden Rede wieder nach der Uhr, öffnet das Fenster und richtet sich dann das Schreibzeug auf einem Tischchen.)*

Damian. Das Verhältnis ist so: ich habe einen Rachedurst in mir; der Salerl ist einer nachgegangen, und den will ich trischacken[63]. Da muß also

63 (vielleicht von *dreschen* und tschech. *drzak* ›Dreschflegel‹) prügeln.

ein Brief an ihn geschrieben werden, als wenn die Salerl einen zärtlichen Brief an diesen Nachgeher schreibet, daß wir ihn so zu der beabsichtigten Trischackung hierherlokken.

Adolf. Aha! *(Setzt sich.)*

Fanny *(hat zum Fenster hinabgesehen).* Das Fenster ist offen, er ist schon zu Haus.

Emilie *(welche abwechselnd nachdachte und schrieb).* Ich bin verlegen, was ich schreiben soll.

Fanny. Das ist nur beim ersten Brief.

Damian. Der Brief muß aber Gefühl haben, sehr viel Gefühl.

Adolf *(will schreiben).* »Ich wünsche Sie heute abends zu sehen –«

Damian. Nix, das is ja kein Gefühl!

Adolf. Also anders! *(Schreibt.)* »Ich liebe Sie von ganzer Seele, ich bete Sie an –«

Damian. So is's recht. Da wird der alte Windbeutel wini[64]!

Adolf *(weiter schreiben wollend).* »Kommen Sie also –«

Damian. Das ist schon wieder ohne Gefühl!

Adolf. Aha! *(Schreibt wieder.)* Also: »Wenn Sie meinem leidenden Herzen einen süßen Trost gewähren wollen, so kommen Sie –«

64 toll, verrückt.

D a m i a n. Nur zu in der Dicken[65], das is Gefühl!
A d o l f *(weiterschreibend).* »... heute abend zu mir –« *(Denkt nach.)*

E m i l i e. Soll ich schreiben, daß ich Antwort erwarte?
F a n n y. Das glaub' ich. Schreiben Sie nur: »Die Schnur wird so lange am Fenster bleiben, bis Sie die Antwort daran geknüpft haben.«
E m i l i e. Wie versteh' ich das?
F a n n y. Schreiben Sie nur – *(Wispelt ihr leise zu.)*

A d o l f *(schreibt).* »Das Glück meines Lebens hängt an der Erfüllung dieser Bitte.« *(Zu Damian.)* Ohne Unterschrift?
D a m i a n. Ohne Unterschrift! Das is das wahre Gefühl! Jetzt heißt's, den Brief petschieren[66].

E m i l i e. Fanny, gib mir die Oblaten[67] her!
(Fanny tut es und befestigt dann einen Spagat[68] am Fenster.)

A d o l f. Es ist weder Siegelwachs noch Petschaft da.
D a m i a n. Ich petschiere den Brief halt bei der Kasstecherin[69] drüben. *(Nimmt den Brief.)* Wenn der Chevalier[70] den

65 Redensart, von mhd. *dicke* ›oft häufig‹, etwa: weiter so »dick« aufgetragen.
66 mit dem Stempel zum Siegeln verschließen.
67 Siegelmarke für Briefe.
68 (von ital. *spago*) Bindfaden.
69 Käsehändlerin.
70 ›Ritter‹: frz. Adelstitel.

Brief liest, kommt er unausbleiblich, *(im Abgehen)* und die Trischackung geht vor sich, und das tüchtig – oh, nur Gefühl! *(Ab.)*

DREIZEHNTER AUFTRITT

Voriger ohne Damian.
Später Schlucker.

Die Vorigen.

E m i l i e. Ich bin fertig.

F a n n y. Geben Sie nur geschwind!

(Sie bindet den Brief an das Ende der Schnur und läßt ihn übers Fenster.)

(Die hölzerne Wanduhr schlägt Eins.)

A d o l f. Schon ist es ein Uhr vorbei. Fanny versprach mir an einer Schnur – *(Sieht gegen das Fenster.)* Ha, was seh' ich? Darf ich meinen Augen trauen –? *(Eilt hin.)*

(Schlucker tritt ein, einen großen Laib Brot unterm Arm tragend.)

A d o l f. Da ist der heißersehnte Brief! *(Zieht den Brief bei dem Fenster herein und löst ihn ab.)*

S c h l u c k e r *(Adolf bemerkend, stutzt und sagt leise für sich).* Was g'schieht denn da? *(Schleicht in Adolfs Nähe.)*

A d o l f *(jubelnd den Brief emporhaltend).* Ich hab' ihn!

S c h l u c k e r *(rasch vortretend und Adolf den Brief aus der Hand reißend).* Nein, ich hab'n.

A d o l f *(erschrocken).* Ha, mein Vater –!

F a n n y *(freudig zu Emilie).* Er hat ihn schon.

E m i l i e *(ängstlich, aber in freudiger Bewegung).* Gott, wie mir das Herz schlägt!

S c h l u c k e r. Komm' ich endlich hinter deine Schlich'? Liebesbrieferln? G'schichterln? Sacherln? Na, wart'! *(Legt den Laib Brot auf den Tisch.)*

A d o l f. Vater, hören Sie mich!

S c h l u c k e r *(mit verhaltenem Ärger).* Ich muß erst lesen. *(Liest.)* »Mißdeuten Sie es nicht, daß ich zuerst an Sie schreibe. Ich glaube von der Wahrheit und Innigkeit Ihrer Liebe überzeugt zu sein –« Brav sehr brav! *(Lacht vor Ärger.)*

E m i l i e *(zu Fanny).* Jetzt wird mein Adolf ihn lesen. *(Setzt sich, in Gedanken versunken, zum Schreibtisch.)* *(Fanny sieht abwechselnd zum Fenster hinaus.)*

S c h l u c k e r *(weiterlesend).* »Kann meine Gegenliebe Sie glücklich machen, so nehmen Sie die Versicherung, daß nur Ihr Bild in meinem Herzen lebt.«

A d o l f *(entzückt).* Wär's möglich? Oh, ich Überglücklicher!

S c h l u c k e r. O du Hauptspitzbub! – Solche Masematten[71] fängst du mir an? *(Liest*

71 Umstände, Ungehörigkeiten.

weiter.) »Erfreuen Sie mich durch einige Zeilen von Ihrer Hand, die Schnur wird so lang am Fenster bleiben, bis Sie die Antwort daran geknüpft, die ich mit Sehnsucht erwarte.«

Adolf. Liebster Vater! –

Schlucker *(von einer Idee ergriffen).* Halt! Das is das G'scheiteste! Du gehst jetzt mit mir in die Kammer, kommst mir nicht von der Seiten, und ich beantwort' der Fräule anstatt deiner den Brief auf eine Art, daß sie dich für den impertinentesten Flegel halten muß und dich in ihrem Leben nicht mehr anschaut.

Adolf. Vater, das könnten Sie?!

Schlucker. O ja, ich kann Flegel sein.

Adolf. Vater, Sie treiben mich zur Verzweiflung.

Schlucker. An *der* Krankheit ist noch kein Tandlerssohn g'storben. Nur vorwärts!

Adolf. Ich beschwöre Sie –!

Schlucker. Keine Faxen g'macht, ich beantwort' einmal den Brief. *(Schiebt Adolf in die Seitentüre rechts und geht nach.)*

Fanny *(zu Emilie).* Geben Sie acht, wie liebevoll er antworten wird.

VIERZEHNTER AUFTRITT

Vorige; Herr von Steinfels und seine Frau. Noch ein Herr und eine Dame.

Frau von Steinfels *(im Eintreten).* Ah, bon jour, liebe Emilie!
Herr von Steinfels. Mein Fräulein, Ihr Untertänigster!
Emilie *(der Gesellschaft entgegengehend).* Ich bitte, nur zum Papa hineinzuspazieren.
Herr von Steinfels *(indem er nach rechts geht, zu Emilien).* Wohlauf, der Herr Papa?
Emilie. Ich danke, ja.
(Die zwei Herren gehen mit ihren Damen rechts ab.)

FÜNFZEHNTER AUFTRITT

Damian (allein).

Damian *(kommt aus der Mitte links mit dem gesiegelten Brief zurück; er ist noch immer benebelt).* Da ist der Spagat schon. Der Chevalier hat zu der Salerl gesagt, er laßt einen Spagat herab – ist schon da, der Spagat –, sie soll nur den Brief dranbinden, er wird 'n aufziehn. *(Geht behutsam hin und bindet seinen Brief an.)* Ist schon droben!

Emilie, Fanny.

Fanny *(zu Emilien).* Die Antwort kommt! *(Sie zieht die Schnur mit Damians Brief herauf und zum Fenster herein.)*

E m i l i e. Oh, gib geschwind!
F a n n y. Tummeln[72] Sie sich; mir scheint, es kommt wer. *(Emilie öffnet den Brief.)*

D a m i a n *(nachdem er langsam vom Fenster geschlichen).* Jetzt wird er a Freud' haben, der dumme Kerl! *(Lacht in die Faust.)* Aber g'freu dich jetzt nur über den Brief, den du lesen tust, *(gegen den ersten Stock hinaufdrohend)* deine Schläg' sein so viel als wie 'druckt. Jetzt muß ich schaun, was in der Kuchel[73] g'schieht! *(Ab.)*

E m i l i e *(öffnet den Brief und liest schnell).* »Ich liebe Sie von ganzer Seele, ich bete Sie an. Wenn Sie meinem leidenden Herzen einen süßen Trost gewähren wollen, so kommen Sie heute abends zu mir.« – Wie –? Ach, das kann ich doch unmöglich!
F a n n y. Es ist eine etwas kühne Idee von ihm.
E m i l i e *(liest).* »Das Glück meines Lebens hängt an der Erfüllung dieser Bitte.«

SECHZEHNTER AUFTRITT

Vorige; Herr von Wachsweich, dessen Frau, noch ein Herr und eine Dame (treten ein).

F r a u v o n W a c h s w e i c h. Ah, Fräulein Emilie –!

72 beeilen.
73 Küche.

Herr von Wachsweich. Wie steht das werte Befinden?
Emilie *(nachdem sie unbemerkt Fanny den Brief zugesteckt hat).* Ich danke. Ist's nicht gefällig, zum Papa hereinzuspazieren? *(Öffnet die Türe rechts, alle ab.)*

SIEBZEHNTER AUFTRITT

Schlucker und Adolf.

Chevalier Bonbon, Johann (kommen von links).

Bonbon *(in eiliger Geschäftigkeit).* Hat Er den Spagat, lieber Johann?
Johann. Da ist er, Euer Gnaden!
Bonbon. Befestige Er ihn am Fenster und lass' Er ihn hinab.
Johann. Das wird gleich geschehen sein. *(Tut, wie ihm befohlen.)*
Bonbon *(für sich).* Ich bin doch neugierig, ob sie mir schreibt? Ohne Zweifel schreibt sie, das pauvre[74] Ding – aber hübsch ist sie. Pauvre, aber hübsch!

Schlucker *(von rechts, einen Brief in der Hand).* So! Da is eine Antwort, die sich gewaschen hat, die steckt sie nicht vors Fenster!
Adolf *(ihm folgend).* Vater, wenn Ihnen das Leben Ihres Sohnes lieb ist, nur das tun Sie nicht!

74 (frz.) arme.

Schlucker. Nix da, ich leid' keine Löfflerei[75], ich will keine Löfflerei und ich mag keine Löfflerei, außer die, wo Messer und Gabel dabei ist.

Adolf *(schmerzlich).* Emilie! *(Bedeckt sich das Gesicht mit beiden Händen und sinkt rechts auf den Stuhl.)*

Schlucker *(zum Fenster gehend).* Die Schnur hängt richtig noch da – *(Knüpft den Brief an.)*

Adolf. Vater!

Johann *(zu Bonbon).* Sie bandelt[76] schon unten.

Schlucker *(schließt sorgfältig das Fenster).* Du bleibst dort und rührst dich nicht von der Stelle! – So!

Johann *(zieht den Brief herauf und beim Fenster herein).* Da is der Brief. Euer Gnaden werden doch ein Herzensbezwinger sein aus 'n ff! *(Will ihm den Brief übergeben.)*

Bonbon. Da hat Er zwei Dukaten, lieber Johann, jetzt les' Er mir aber den Brief vor, ich habe meine Brille vergessen.

Johann *(liest).* »Keckes Geschöpf!«

Bonbon *(befremdet).* Was für ein Geschöpf?

Johann. Da steht: »Keckes Geschöpf«. *(Liest weiter.)*

75 (von *Löffler* ›junger Damhirsch, der noch kein Geweih hat‹) Liebelei; hier zugleich Anlaß für Wortspiel.
76 hängt ans Bändchen.

»Verschonen Sie mich mit Ihren Zudringlichkeiten –«
Bonbon *(erzürnt)*. Das ist ja impertinent!

Adolf *(trostlos)*. Der Brief muß sie empören, das arme Fräulein.
Schlucker *(vom Fenster kommend)*. Das is recht, sie soll sich ärgern, die verliebte Flitschen[77], die! *(Sieht den Rock, den Damian in seiner ersten Szene über den Stuhl gehängt.)*
(Adolf geht verzweifelt auf und ab.)

Johann *(weiterlesend)*. »Bleiben Sie bei Ihresgleichen und mir hübsch vom Leibe, wenn Sie sich Unannehmlichkeiten ersparen wollen.« – Ohne Unterschrift. – Den verwegenen Stil hätt' ich der Jungfer Salerl gar nicht zugetraut. *(Gibt ihm den Brief.)*
Bonbon. Ich könnte rasend werden.
Johann. Wär' schad, grad vorm Essen; das müssen Euer Gnaden nicht tun!
Bonbon. Ja, ja, Er hat recht. Mach' Er, daß wir bald speisen, ich will meinen Grimm verbeißen.
Johann. Ich werde gleich zum Koch hinausschaun. *(Ab.)*
Bonbon *(für sich, den Brief zusammenballend)*. Insolenz[78] ohnegleichen! *(Geht wütend ab.)*

77 Schimpfname für ein junges, vorlautes, auch leichtsinniges Mädchen (vgl. *Flittchen*).
78 (lat.) Anmaßung, Unverschämtheit.

ACHTZEHNTER AUFTRITT

Die Vorigen; Sepherl, Salerl, Christoph, Seppel, Nettel, Resi. Bediente.

(Während dieser Szene tragen die Bedienten die Tafel vor, richten die Stühle, ordnen die Kredenztische[79] *mit Tellern, Aufsätzen, Bouteillen, Gläsern, Tassen, Vasen usw.)*

Schlucker *(nachdem er den Rock besehen und wieder hingelegt, ruft er nach rechts).* Sepherl, was ist's denn unter andern? Wird denn heut nit bald ang'richt't?

(Christoph, Seppel, Nettel und Resi kommen aus rechts.)

Christoph. D' Frau Mutter vernachlässigt uns heut wieder ganz. Auf die Art müssen wir zurückbleib'n in Wachstum.

Sepherl *(die mit Salerl ebenfalls aus rechts kommt).* Gib a Geld her, Mann! Es muß a bissel was aus 'n Wirtshaus g'holt wer'n. Du hast mir ja nix z' Haus lassen zum Einkaufen, und der Kredit hat ein End'.

Schlucker. Jetzt geht's z'samm', ich bin heut g'sessen in der Hütten als wie ein ang'mal'ner Türk[80] und hab' kein'n Kreuzer Geld g'löst.

Salerl. Meine Kundschaft, für die ich Hauben putz', haben alle g'sagt, sie zahlen mich 's nächstemal.

Sepherl. Du, Adolferl, hast du nix?

Adolf. Sie wissen, Frau

79 Anrichten.
80 Das Bild eines rauchenden Türken diente Kaffeehäusern und Tabakgeschäften als Aushängeschild.

Mutter, ich hab' Ihnen in dem Monat alles gegeben, was ich mir verdient hab'; erst den nächsten Donnerstag bezieh' ich wieder meinen Gehalt. – Übrigens, was mich anbelangt, Mutter, *(kleinlaut)* ich werd' nicht mehr viel brauchen auf der Welt.

Christoph. Aber wir brauchen desto mehr.

Sepherl *(besorgt)*. Adolferl, was is dir denn?

Christoph, Seppel, Nettel, Resi *(ungeduldig)*. Frau Mutter, es is spät, wir können nicht mehr warten!

(Ein Bedienter kommt und stellt einen dampfenden silbernen Suppentopf auf den Kredenztisch.)

NEUNZEHNTER AUFTRITT

Die Vorigen; Damian (von links kommend). Bediente, Johann, später Goldfuchs, Emilie, Bonbon, mehrere Herren und Damen.

Damian. Ich bemerke mit Mißvergnügen gänzlichen Mangel an Anstalten zum Diner.

Schlucker *(zu Damian)*. Du, Schwager, ich hab' dir heute früh ein Geld mit'geben.

Damian. Da hab' ich den Rock drum gekauft. *(Zeigt auf den Rock, der auf dem Sessel hängt.)*

Schlucker. Hm! Hm! Du hast da freilich ein' recht guten Einkauf g'macht, aber was tun wir jetzt? Kein Kreuzer Geld im Haus und die Schar Leut' zum Abfuttern.

Johann *(kommt)*. Wie die

Gesellschaft kommt, muß gleich die Tafelmusik anfangen.

Seppel, Nettel, Resi. Frau Mutter, gehn wir essen!

Johann *(in die Seite rechts rufend)*. Es ist aufgetragen! *(Goldfuchs kommt mit seinen Gästen. Mehrere Gäste treten noch von links ein.)*

Schlucker. Zum Glück hab' ich den Laib Brot kauft um die letzten acht Groschen.

Goldfuchs *(zu den Gästen)*. Ich bitte, sich zu placieren nach Gefallen!

Schlucker. Jetzt, Kinder, geht's halt her, heut ist das unsere einzige Speis'.

Goldfuchs. Ich habe meine reizende Tischnachbarin schon gewählt.

(Die Kinder setzen sich stillschweigend an den Tisch, die übrigen ebenfalls, Schlucker schneidet das Brot vor, Sepherl teilt es aus. Salerl hat im Hintergrunde den Wasserkrug genommen und ist damit in Mitte links abgegangen.)

Schlucker *(einen Seufzer unterdrückend)*. Mir ging's jetzt schlecht genug, wenn's noch schlechter werden sollt', dann weiß ich nit, was ich anfang'.

Seppel. Mir 's Scherzel[81], Vater!

Damian. Kinder, schlickt's[82] kein Bein[83]!

81 Rand- bzw. Endstück vom Brotlaib.
82 *schlicken:* gierig schlucken, verschlucken.
83 Knochen.

S e p h e r l *(traurig zu Schlukker).* Wir haben also nichts mehr als trocknes Brot!
S c h l u c k e r *(sehr herabgestimmt).* Und das nur von heut auf morgen.

G o l d f u c h s. Eine Eröffnung habe ich Ihnen zu tun, meine Herren und Damen, die Sie überraschen wird. Ich wollte es zwar bis zu Ende der Tafel verschieben, doch wozu?
D i e G e s e l l s c h a f t *(neugierig).* Nun?
G o l d f u c h s. Es ist – doch halt! Das darf nur bei vollen Gläsern geschehn. *(Winkt den Bedienten.)* Champagner!
(Die Bedienten lassen Champagnerbouteillen knallen. Es wird eingeschenkt.)

(Salerl kommt mit dem Wasserkrug aus der Mitte links.)
D a m i a n *(seufzend).* Eine Bouteille vom Allerleichtesten!
S a l e r l *(schenkt ihm aus dem Krug Wasser ein).* Ich hab' gerad ein frisches Wasser vom Brunnen geholt.
(Damian trinkt und gibt den Krug dann den übrigen, welche alle trinken.)

G o l d f u c h s. So wissen Sie denn: Meine Tochter ist Braut.
E m i l i e *(erschrickt).* Ich –?
G o l d f u c h s. Hier, der Bruder meines alten Geschäftsfreundes in Marseille, Chevalier Bonbon, ist der Bräutigam.
(Emilie sucht ihre Bestürzung zu verbergen.)
A l l e. Wir gratulieren!

Chor der Gäste. Vernehme Bräutigam und Braut
Die Wünsche unsers Herzens laut!
(Alle erheben die Gläser und stoßen mit Bonbon an.)

Christoph, Seppel, Nettel, Resi *(traurig).* Krieg'n wir heut gar nix als Brot?

Schlucker. So lang wir das noch hab'n, dankt's Gott! *(Er steht auf, zieht die Mütze vom Kopfe und steht mit gefalteten Händen in betender Stellung. Alle falten die Hände und stehen in einer andächtigen Gruppe um ihn.)*
(Alle zugleich mit dem im ersten Stocke gesungenen Chor.)
Wenn man für uns kein Brot mehr bacht,
Dann ist's mit uns erst gute Nacht!
(Sie sitzen in trauriger Stellung um den Tisch herum.)

Chor der Gäste. Dem Paar, dem Liebesglück nun lacht,
Sei dieses Vivat ausgebracht!
(Leeren unter lautem Jubel und Vivatgeschrei die Gläser.)

Der Vorhang fällt.

ZWEITER AUFZUG

Die untere Abteilung der Bühne stellt eine ärmliche Küche dar. Im Hintergrunde der Feuerherd, im Hintergrunde links die Ausgangstüre nach der Straße, zur Seite rechts die Türe nach dem Zimmer.

Die obere Abteilung der Bühne stellt eine Herrschaftsküche dar. Im Hintergrunde der Feuerherd, zur Seite Windöfen und andrer Küchenapparat; im Hintergrunde links die Ausgangstüre, zur Seite rechts die Türe nach den Zimmern.

ERSTER AUFTRITT

Sepherl, Salerl, Nettel. (Frau Sepherl macht ein kleines Feuer an. Salerl und Nettel sind ebenfalls um den Herd beschäftigt.) *Aspik, François, mehrere Küchenjungen und Mägde.*

Chor *(indem sie alle auf verschiedene Weise beschäftigt sind).*
Das Ding geht Tag für Tag so fort,
Die Plag' nimmt gar kein End'.
Der Teuxel[1] bleib' in diesem Ort,
Mordtausendsapperment!

Sepherl *(nach geendeter Musik).* Mein Adolferl is doch der beste Sohn auf der Welt. Hat mir wenigstens so viel Geld auf'trieb'n, daß ich uns für 'n Abend was kochen kann.

Salerl. Wenn ich ihm nur in seinem Herzenskummer helfen könnt'!

Sepherl *(seufzend).* Das is a traurige Sach' – was da noch draus werden wird! *(Stellt Geschirr zum Feuer, Salerl ebenfalls.)*

(Aspik, mit François vortretend.)

Aspik. Wie's in dem Haus zugeht, das ist unerhört.

François. Und wie wir geplagt sind, das is auch unerhört.

Aspik. Das mein' ich ja eben. – Dreimal die Woche Diners, denselben Tag noch Ball,

1 Teufel.

das reißt die Köch' zusamm'! *(Geht rechts und beschäftigt sich.)*
François. Wenn nur einmal die Mode aufkommet, daß die Köch' bei der Tafel sitzeten und die Herrschaft kochen müßt'; da wär' ich recht gern a Koch.
(Geht zum Herd; in der Küche wird während dem Folgenden immer lebhaft, jedoch ohne Geräusch, gearbeitet.)

Sepherl. Kommt's jetzt Erdäpfel schälen! *(Geht mit Salerl und Nettel ab.)*

ZWEITER AUFTRITT

Die Vorigen; Schlucker und Damian (kommen links nach Hause).

Die Vorigen.

Schlucker *(verdrießlich).* Schon wieder kein Geld g'löst!
Damian. Wenigstens hab'n wir Bewegung gemacht auf unser Mittagmahl.
Schlucker. Damian, du mußt heut noch –

DRITTER AUFTRITT

Die Vorigen; Zins.

Die Vorigen.

Zins *(eilig).* Ich lauf' euch nach und ruf' euch nach, und ihr hört mich nicht.
Damian. Ja, heut ist Michaeli, und da hört man die Hausherrn nit gern.
Schlucker *(zu Zins).* Da

bitt' ich um Verzeihn, Euer Gnaden – ist's nicht gefällig – wir werden doch nicht in der Kuchel – *(will ihn ins Zimmer führen.)*

Zins. Macht nix, ich komm' –

Damian. Um den Zins?

Schlucker *(verlegen)*. Ich weiß, der Tag is heut, aber –

Damian *(zu Zins)*. Wir sein Ihnen ja den Georgi-Zins noch schuldig, der muß früher bezahlt sein der Ordnung wegen. Weil wir aber das jetzt nicht können, so kriegen Sie den Michaeli-Zins schon gar nicht.

Zins. Mir scheint, ihr seid ein liederliches Volk.

Schlucker. Fünf Kinder und ein schlechter Verdienst is eine Liederlichkeit, die manche Haushaltung derangiert[2].

Zins. Ich sollt' Strenge gebrauchen gegen euch.

Damian. Schuldenarrest[3] wäre meines Erachtens das Beste. So geb'n Sie uns nur das Quartier, wenn S' uns einsperren lassen, können S' uns verköstigen auch.

Zins. Nein, von solchen Parteien könnt' man fett werden. Seht, ich bin nicht gekommen, Zins zu fordern, ich weiß, wie's mit euch steht, ich will euch den ganzen Bettel schenken –

Schlucker *(freudig überrascht)*. Wie – was –!?

2 (frz.) zerrüttet, in Unordnung bringt.
3 Im Schuldenarrest (in Österreich 1868 aufgehoben) mußte der Gläubiger für den Unterhalt des Schuldners aufkommen, wenn dieser zahlungsunfähig war.

Zins. Aber ihr müßt auch etwas dafür tun.

Damian *(zu Zins)*. Mann! Rarität! Ausnahm' von der Regel, fordre, was du willst! Wenn es Tandlerkräfte nicht übersteigt, so soll es geschehen.

Zins. So hört! – *(Zu Schlukker.)* Sein Sohn hat hier im Hause eine Geschicht' ang'fangt.

Schlucker. Wissen's Euer Gnaden auch schon?

Damian. Und was kommt am End' heraus aus einer solchen Geschicht'? Eine Geschicht'; nachher gibt's erst a rechte Geschicht'!

Schlucker. Ich bin g'wiß nicht schuld, im Gegenteil –

Zins. Will's glauben. Drum hört's meinen Vorschlag! Euer Sohn, Schlucker, steht mir hier im Weg. Ihr sollt ihn mir aus dem Weg räumen, denn ich will selbst das Fräulein –

Schlucker. Aha!

Damian *(grimmig zu Zins)*. Und *wir* sollen ihn aus dem Weg räumen? *(Packt ihn.)* Mörder! Hältst du uns für Banditen?

Zins. Dummkopf, lass' Er mich aus! *(Macht sich los.)*

Schlucker. Aber, Damian!!

Zins *(zu Schlucker)*. Der is ja verruckt! – Ich will Eurem Sohn eine Stelle als Schreiber verschaffen, besser als er da hat, aber er muß dreißig Meilen fort von hier.

Damian. Ah, ja so! Ich hab' geglaubt, Sie wünschen Mord.

Zins. Er ist ein dummer Kerl.

Schlucker *(zu Zins).* Ich bin ganz einverstanden mit dem Plan.

Damian. Der Adolf is ja so nur ein angenommenes Kind.

Zins. So? *(Zu Schlucker.)* Nun, um so leichter wird Euch die Trennung fallen.

Damian *(zu Zins).* Und statt dem, daß er uns bisher unterstützt hat, unterstützen uns halt jetzt Sie. Es ist ja vielleicht etwas Solideres, von einem Hausherrn unterstützt zu werden als von einem angenommenen Kind.

Zins. Ihr sollt mich als generos[4] kennen lernen. Wir sind also einig?

Schlucker. Ja!

Zins. Morgen gleich muß die Abreise vor sich gehen. Ich veranstalt' alles. Der Zins ist euch geschenkt.

Damian. Diese Worte sind Harmonie der Sphären.[5]

Zins. Unser G'schäft ist abgemacht.

Schlucker. Ganz in Ordnung. Behüt' Ihnen Gott!

(Zins geht links im Hintergrunde ab und läßt die Türe offen.)

4 (lat.) freigebig, großzügig.

5 Die Sphären sind nach griech. Vorstellung die Erde umkreisende Kugelschalen, an welche die Sterne angeheftet sind, deren Bewegungen harmonisch zusammenklingende Töne erzeugen.

VIERTER AUFTRITT

Vorige ohne Zins.

Vorige; dann Johann und Meridon (kommen von rechts, jeder hat eine Rechnung in der Hand).

Schlucker. Meiner Sepherl muß man die Sach' auf eine g'scheite Art beibringen.
Damian. Das is rein –
Schlucker. Das Ganze war unverhofft. Es schaut grad aus, als ob bei uns einmal das Glück einkehren wollt'. *(Geht im Hintergrunde nach der Tür.)*
Damian. Ja, da hat's noch ein' Fad'n von hier bis nach Bad'n.[6]
Schlucker *(vor die Türe hinaussehend).* Da schau her, Damian, was geht denn da für ein Herr auf und ab und schaut auf unsere Fenster?
(Beide sehen zur Türe hinaus.)

Johann. Die Herrschaften sein spazieren g'fahr'n, dann fahren s' noch ein wenig ins Theater, eh' der Ball anfangt. –
Meridon. Da können wir indes – unser Herr ist aber zu Haus geblieben? *(Zu den Leuten.)* Nur flink, nur fleißig!
Johann. Das heutige Diner samt Ball kann uns schon ein'm jeden einen Hunderter trag'n.
Meridon. Wir müssen nur unsere Rechnungen vergleichen.

6 Beliebte Redensart auf der Wiener Volksbühne: da wird nichts draus.

Johann *(setzt sich mit Meridon an einen Küchentisch).* Ja, ja, Einverständnis muß sein, wenn es beim Betrug honett[7] hergehen soll.

FÜNFTER AUFTRITT

Die Vorigen; Wilm.

Schlucker *(zur Türe hinausredend).* Der Tandler von der Hütten Nr. 87, der bin ich.

Wilm *(eintretend).* Dann bin ich am rechten Orte. Der Bediente des Lords, dessen Sekretär ich bin, hat einen Rock, welchen ihm unser gnädiger Herr geschenkt hat, bei Ihnen verkauft.

Damian. Ja, eigentlich bei mir.

Wilm. Wer sind Sie?

Damian. Ich bin Kommis[9] beim Tandler von Nr. 87.

Wilm. Haben Sie den Rock noch?

Schlucker. Ja.

Wilm *(erfreut).* Nun, das ist gut! Nur schnell, wo ist er?

Schlucker. Damian, hol 'n aus der Kammer. *(Damian geht ab.)*

Die Vorigen.

(Beide zeigen einander ihre Rechnungen und deliberieren[8] und vergleichen im stillen miteinander. Das Küchenpersonal ist im Hintergrunde beschäftigt.)

Meridon. Du hast aber bei die Extrawein' schön aufgerechnet.

Johann. Nur 's Dreifache. Aber du hast da bei zwei Rohr-

7 (frz.) ehrenhaft, anständig.
8 (lat.) überlegen, beratschlagen.
9 (lat.-frz.) Handlungsgehilfe, kaufmännischer Angestellter.

hendeln[10] um sieb'n Gulden Gabri[11] aufgeschrieben; das könnt' der gnädige Herr doch merken.

M e r i d o n. Du hast recht.

J o h a n n. Schreib lieber bei die Sulzen[12] um fünfzehn Gulden mehr auf. *(Beide rechnen fort.)*

S c h l u c k e r. Aber ich vergess' ganz, daß mir[13] da in der Kuchel –

W i l m. Alles eins, wenn nur der Rock –

S c h l u c k e r. Der Rock scheint Euer Gnaden sehr ans Herz g'wachsen zu sein!

W i l m. Ja, das hat seinen guten Grund.

D a m i a n *(kommt mit dem Rock zurück).* Da ist der Spanfrack[14].

W i l m *(zu Schlucker).* In der Seitentasche dieses Rockes stecken tausend Pfund.

D a m i a n *(das Gewicht des Rockes mit der Hand prüfend).* Hören S' auf, da heben S' den Rock, wo wären denn das einmal tausend Pfund?[15] Da müßt' doch der Sack z'rreißen auf ja und nein.

W i l m *(zu Damian).* Sieht Er, Freund, das sind zwei Banknoten, jede von fünfhundert Pfund. Pfund sind englisches Geld.

10 Brathühnchen (Rohr: Bratröhre).
11 Kapern.
12 Sülze.
13 wir.
14 vielleicht entstellt aus Staatsfrack, Degenfrack (von *Spadi* ›Säbel‹).
15 Wortspiel, auch in Ferdinand Raimunds *Der Verschwender* I, 6.

Damian. Ach ja, das weiß ich ja.
Wilm. Und hier sind dreihundert Gulden, die befahl mir mein Herr, der Lord, euch zu geben, wenn ich das Geld im Rock noch finde.
(Gibt Schlucker Geld aus der Brieftasche.)
Schlucker *(freudig erschreckend).* Wie – was? Nicht möglich! Das Geld gehört mein –!?
Wilm. So befahl's der Lord! Adieu! *(Geht ab.)*

SECHSTER AUFTRITT

Vorige ohne Wilm. *Die Vorigen.*

Schlucker. Damian, schlag mich nieder, damit ich weiß, ob ich auf bin oder ob mir träumt.
Damian. Niederschlagen tu' ich den Schwagern erst dann, wenn mir der Schwager nicht den gehörigen Anteil gibt an dem Geld.
Schlucker *(in höchster Freude).* Weib! Kinder! Kommt's heraus!

SIEBENTER AUFTRITT

Die Vorigen; Sepherl, Salerl, Christoph, Seppel, Nettel, Resi. *Die Vorigen.*

Sepherl *(aus rechts eilend).* Was is denn?
Schlucker *(jubelnd).* Ich

hab' dreihundert Gulden kriegt.

Sepherl. Nit möglich –!

Schlucker. Als Rekompenz[16] – in dem Rock war ein heimliches Geld. *(Salerl läuft zum Herd und legt Holz zu.)* So viel Geld hab' ich mein Lebtag noch gar nit beisammen g'sehn.

Damian *(zu Sepherl).* Das habt ihr nur meiner Pfiffigkeit zu verdanken.

Sepherl. Wieso denn?

Damian *(stolz).* Ich hab' den Rock kauft mit die zehn Zenten[17].

Sepherl *(das größere Feuer auf dem Herd bemerkend).* Aber, Salerl, was machst denn für ein unsinnig's Feuer? Man muß nit gleich urassen[18] mit 'n Holz, wenn sich 's Glück ein wenig zeigt.

Meridon *(zu den Leuten).* Aber was is denn das? Was treibt ihr denn? Das Feuer geht ja ordentlich ab.[19]

Johann. Sie sind z' faul zum Nachlegen.

Meridon. Werft a paar Pfund Gansfetten hinein, dann brennt's gleich wieder lustiger.

François. Gleich! *(Nimmt schnell aus einem Tiegel eine große Menge Schmalz und wirft es ins Feuer, die Flamme lodert hoch auf.)*

16 (frz.) Entschädigung.
17 Zentner; vgl. Anm. 15 (tausend Pfund).
18 verschwenden, verwüsten.
19 *geht ab:* geht aus. Zum Motiv der Verschwendung und liederlichen Haushaltung vgl. *Sämtliche Werke*, Bd. 8, S. 165.

Schlucker. Weib! Kinder! Heut woll'n wir uns gut g'schehn lassen. Löscht das Feuer ganz aus, ich traktier'[20] euch.
(Das Feuer wird ausgelöscht.)

(Das Feuer fährt prasselnd zum Kamin hinaus.)
Alle *(laufen verwirrt durcheinander und schreien)*. Feuer! Feuer!
Johann, Meridon *(aufspringend)*. Was Teufel!
Alle. Feuer!

Alle. Was is denn das für ein Lärm? *(Eilen erschrocken auf die Straße hinaus.)*

Chor.
Das Feuer fährt durch den Kamin,
Zu Hilf', sonst sind wir alle hin!
Der Rauch, der Dampf erstickt uns ja,
Zu Hilf', zu Hilf'! Gefahr ist da!
(Unter allgemeinem Tumult fällt die nächste Dekoration vor.)

Verwandlung

Die Bühne verwandelt sich in das Zimmer des ersten Aufzugs. Im Hintergrunde ist Damians Bett.

Die Bühne verwandelt sich in das Zimmer des ersten Aufzugs. Die Tafel ist abgeräumt, auf jeder Seite kommen zwei Spieltische vorn und zwei etwas weiter zurück.

(Nach geschehener Verwandlung währt die Musik noch eine kleine Weile fort.)

20 bewirte.

ACHTER AUFTRITT

Goldfuchs, dann Johann.

Goldfuchs *(tritt nach der Musik ein).* Was ist denn das für ein Spektakel im Hause? Man schreit Feuer! Es wird doch nicht bedeutend – he, Johann! Johann!
Johann *(eintretend).* Euer Gnaden, das is zum Lachen! Das is ein Hauptschub[21]!
Goldfuchs. Was denn? Was denn?
Johann. Brennt hat's bei uns.
Goldfuchs. Also schon vorüber?
Johann. Die zweite Spritzen[22] war schon ein Überfluß. Mir g'fallt nur das, diese gewisse Keckheit von dem sogenannten Unglück, daß es sich unterstehn hat wollen, bei uns anzuklopfen.
Goldfuchs. Du hast recht, das ist wirklich zum Lachen. Hahahahaha! Unsereins steht fest.
Johann. Das sag' ich halt alleweil, die Millionär', das sind die Leut', an denen man sich ein Beispiel nehmen soll.
Goldfuchs *(wohlgefällig lachend).* Hahahahaha!
Johann. Die Löschanstalten, Euer Gnaden, kommen auf ein paar hundert Gulden.

21 vom Kegeln (›einen Schub machen‹) oder aus der Rechtssprache: *Schub* ›gruppenweise polizeiliche Abschiebung‹; hier: Hauptspaß.
22 Feuerlöschspritze.

Goldfuchs. Lapperei[23]!

Johann. Das Kuchelpersonale muß da capo[24] zum Arbeiten anfangen – das schad't dem faulen Volk ohnedem nicht –

Goldfuchs. Recht hast du! Und der Ball?

Johann. Der geht ohne Umständ' vor sich.

Goldfuchs. Das ist recht. Nur um den Ball wäre mir leid gewesen.

Johann *(bittend)*. Dann hätt' ich ein kleines Anliegen, Euer Gnaden.

Goldfuchs. Nun, sag's nur heraus!

Johann. Mein Vetter hat sich schon wieder hundert Gulden erspart, und da wär' halt sein Anliegen, er möcht's halt gern anlegen bei Euer Gnaden.

Goldfuchs. Gib her!

Johann *(gibt Goldfuchs das Geld, der es zu sich steckt; währenddem sagt er beiseite)*. Das is das Geld, um was ich ihn bei der heutigen Tafel balbiert[25] hab'.

Goldfuchs. Dein Vetter ist ein sparsamer Mann!

Johann. Oh, sehr, sehr sparsam. Euer Gnaden sehn, alle Augenblicke hat er hundert Gulden beisamm'.

Goldfuchs. Ich will daher, wiewohl ich mich sonst

23 lächerliche Kleinigkeit, Lappalie.
24 (ital.) von vorn.
25 barbiert, übertragen: betrogen.

mit solchen Kleinigkeiten nicht abgebe, das Geld in meine Geschäfte aufnehmen und es ihm, aus Rücksicht für dich, mit acht Prozent verinteressieren.

J o h a n n. Ich küss' die Hand statt meinem Vetter. *(Beiseite.)* So muß man's machen; jetzt muß er mir für das Geld, um was ich ihn betrüg', noch Interessen zahlen.

G o l d f u c h s. Hast du dir denn noch gar nichts erspart?

J o h a n n *(gekränkt).* Euer Gnaden, diese Red' hab' ich nicht verdient. Hätten mir Euer Gnaden aus Unterhaltung ein paar Ohrfeigen gegeben, ich hätte sie in Demut hingenommen als witzigen Einfall eines Millionärs, aber daß mich Euer Gnaden bei der Ehrlichkeit packen – das is meine schwächste Seite. *(Beinahe in Tränen ausbrechend und sehr schnell.)* Von der Besoldung kann sich ein Bedienter nicht viel zurücklegen, sondern nur vom Betrug, vom Filouprofit[26], vom Schab und vom B'schores.[27] *(Die Tränen unterdrückend.)* Das hätten mir Euer Gnaden nicht antun sollen!

G o l d f u c h s *(ihn begütigend).* Na, na, sei nur ruhig; ich bin überzeugt von deiner Rechtschaffenheit und will deine treuen Dienste auch

26 Gewinn des Spitzbuben.
27 *Schab:* Anteil an etwas. *B'schores:* etwas auf nicht ganz ehrliche Weise Erworbenes. Beide Wörter aus dem Rotwelsch sind jüdischen Ursprungs.

reichlich belohnen. Vielleicht morgen schon will ich meine Großmut im glänzendsten Lichte leuchten lassen, denn du sollst wissen, mir winkt ein Freudentag.

Johann. Ein Freudentag? Haben Euer Gnaden denn auch andere?

Goldfuchs. So eigentlich nicht; aber ich erwarte stündlich die Nachricht von dem glücklichen Ausgange einer Spekulation en gros zu Schiffe, die ich mit Bonbons Bruder, dem Bankier in Marseille, in Kompanie unternommen habe. Beinahe mein ganzes Vermögen schwamm auf dem Ozean; doch in dem Augenblick, als man mir die Meldung schickt, daß alles an Ort und Stelle glücklich gelandet, bin ich beinahe um die Hälfte reicher, als ich war. Der Gewinn ist ungeheuer.

Johann. Das ist halt das Schöne; wenn man einmal recht mitten drin sitzt in Glück, da gerat alles, da verliert 's Malheur völlig die Courage gegen einem. Ich sage: wenn sich 's Unglück über ein' Millionär trauen will, das kommt mir grad so vor, als wie wenn ein Stallpummerl auf ein' Elefanten bellt.

Goldfuchs *(wohlgefällig).* Gut gegeben, gut! Eine Million ist eine schußfeste Brustwehr, über welche man stolz hinabblickt, wenn die

Truppen des Schicksals heranstürmen wollen. *(Es wird geklopft.)* Herein!

NEUNTER AUFTRITT

Schlucker und Damian.

Wermuth; Vorige.

Wermuth. Untertänigster –!
Goldfuchs. Ah, Herr Wermuth, was bringen Sie mir?
Wermuth. Eine Nachricht, so bitter wie mein Name.
Goldfuchs. Oho, was wird's denn sein?
Johann. An 's Bittere sein wir gar nicht g'wöhnt.
(Wermuth übergibt einen Brief an Goldfuchs, welcher ihn erbricht und liest.)

Schlucker *(mit Damian Mitte links eintretend).* Der Schaden, den das Feuer ang'richt't hat, ist unbedeutend für so einen reichen Herrn.
Damian. In der Stadt benimmt sich das Feuer überhaupt sehr manierlich; auch is es ein edler Zug vom Feuer, daß es hinaufbrennt und nicht herunter z' ebener Erd', wo die armen Leut' logieren.

Goldfuchs *(auffahrend).* Das ist ja ein heilloser Pursche! *(Liest weiter.)*
Johann *(halblaut).* Wer?
Wermuth *(zu Johann).* Der Herr Sohn.

ZEHNTER AUFTRITT

Die Vorigen; Sepherl, Christoph, Seppel, Nettel, Resi.

Sepherl *(im Eintreten).* 's ist schon alles glücklich vorbei!
Schlucker. Was geht euch 's Feuer an? Tummelt's euch, zieht euch an, wir gehn aus.
Kinder. Aus'gangen wird! Nur geschwind anziehn!
Sepherl. Aber, Mann –
Schlucker. Putz dich auf, eher red' ich nicht mit dir.
(Sepherl mit den Kindern ab.)
Damian. Man muß ja a Ehr' aufheben mit der Familie.
Schlucker. Wenn ich nur einen andern Rock hätt'! Macht nix, ich nehm' halt 's saubere Parapluie[28].
Damian. Hab' ich auch nix anders zum Anziehn, ich steck' halt ein sauberes Schnopftüchel[29] ein, dann schau' ich gleich nobler aus. *(Mit Schlucker ab.)*

Die Vorigen.

ELFTER AUFTRITT

Vorige, dann Salerl.

Die Vorigen.

Goldfuchs. Es ist entsetzlich!
Johann *(teilnehmend).* Was denn, Euer Gnaden?
Goldfuchs. Mein Sohn in Hamburg, der liederliche Pursche, wird eingesperrt, als mutwilliger Schuldenmacher eingesperrt, wenn ich nicht zahle.

28 (frz.) Regenschirm.
29 Schnupftuch, Taschentuch.

Johann. So schaun die Vaterfreuden auf der um'kehrten Seiten aus!

Salerl *(eintretend)*. Was das für ein Lärm ist, wenn's in einem Haus brennt! So mitleidig, so hilfreich ist alles! Und wenn's in einem Herzen brennt, wie boshaft, wie schadenfroh da die Leut' sind!
Sepherl *(von innen)*. Salerl!
Salerl. Komm' schon! *(Läuft ab.)*

Johann *(zu Goldfuchs)*. Da heißt's halt blechen!
Goldfuchs. Aber die Summe!
Johann. Wie viel ist's denn?
Goldfuchs. Hunderttausend Taler!
Johann. Schöne Portion!
Goldfuchs. Ich muß bezahlen.

ZWÖLFTER AUFTRITT

Schlucker, Damian, Sepherl, Salerl, Christoph, Seppel, Nettel, Resi (alle im ärmlichen Sonntagsstaate).

Vorige.

Schlucker. Da wären wir alle im höchsten Glanz!
Damian. Wir sehen wirklich einer sehr bedeutenden Familie gleich.

(Goldfuchs setzt sich und schreibt.)

Sepherl. Wo wird denn hin'gangen?
Schlucker. Kannst du fragen?

Damian. Ins Wirtshaus! Sein Aug', jeder Zug seines schönen Gesichts spricht ja deutlich das Wort Wirtshaus aus.

Schlucker. Kommt, Kinder, ich traktier' euch mit Backhendeln.

Damian. Ich ess' Spritzkrapfen und Fisolensalat[30]. Überhaupt, gessen wird, was 's Zeug halt't! Alle müssen wir krank sein morgen, eher stehn wir heut nit auf.

Die Kinder. Juchhe!

(Alle jubelnd ab.)

Goldfuchs *(steht auf).* Ich bin außer mir vor Ärger. *(Zu Wermuth, indem er ihm einen Zettel gibt.)* Da, gehn Sie zu meinem Kassier, übernehmen Sie die Summe, und Ihren Prinzipal[31] lasse ich ersuchen, dem liederlichen Burschen zu schreiben, ich will gar nichts mehr wissen von ihm.

Johann. Herr Wermuth, Sie sind ein Tropf!

Wermuth *(beleidigt).* Was unterstehen Sie sich?

Johann. Verzeihen Sie, es ist ganz richtig, Sie sind ein Wermutstropf im Freudenbecher meines gnädigen Herrn.

Wermuth. Ach, ja so! *(Zu Goldfuchs.)* Mir ist leid –

Goldfuchs. Adieu, Lieber! Adieu!

(Wermuth ab.)

30 Schnittbohnensalat.
31 (lat.) Lehrherr, Geschäftsinhaber, Chef.

DREIZEHNTER AUFTRITT

Die Vorigen ohne Wermuth.

Johann. Euer Gnaden, ich bedaure – das war, wie man sich im Merkantilischen[32] ausdrückt, eine Watschen[33] übers ganze G'sicht.

Goldfuchs *(sich fassend).* Nu, die Summe kann ich verschmerzen, aber der Ärger – so eine Nachricht verdaut man nicht so leicht.

Johann. Soll ich Euer Gnaden aus der Straußen-Apotheken etwas Magenstärkendes holen?

Goldfuchs. Nein, nein, nichts da! Die Zerstreuung des Balls wird am wohltätigsten auf mich wirken. Johann, sieh nach, ob alles in Ordnung ist.

Johann. Sehr wohl! *(Verneigt sich und geht ab.)*

Goldfuchs *(kopfschüttelnd).* Das ist ein verdammter Streich! *(Ab.)*

VIERZEHNTER AUFTRITT

Adolf, dann Salerl.

Adolf *(kommt und wirft den Hut unmutig auf den Tisch).* Wie vergnügt und froher Laune sie die Straßen hinabgingen! Wie sich doch alles freuen kann – alles – nur ich!

32 (lat.) Kaufmännischen, Handel. Merkantilismus: Wirtschaftssystem des Absolutismus.
33 Ohrfeige.

S a l e r l *(zurückkommend).* Den Mussi[34] Adolf hätten wir bald vergessen. *(Zu Adolf.)* D' Frau Mutter hat sich umg'schaut und hat Ihnen ins Haus hereingehn g'sehn, ich soll Ihnen gleich holen.

A d o l f. Entschuldigen Sie mich, Salchen, ich kann nicht mitgehen.

S a l e r l. Aber Sie sollen doch –

A d o l f. Nein, nein, ich geh' in keinem Fall. *(Ab.)*

S a l e r l *(allein).* Mit dem ist nix anzufangen, der ist soviel als weg. Der arme Mussi Adolf hat halt zu hoch 'nauswollen mit seiner Lieb', und grad da soll man hübsch bei seinesgleichen bleiben. Ich hab' mir mein' Damian ausg'sucht, und das ist für mich eine standesmäßige Wahl. – Ich muß schaun, daß ich mit dem Stubenmädel da oben sprechen kann. Jetzt muß ich mich aber tummeln, sonst trinkt sich der Damian wieder ein' furchtbaren Rausch an, und das ist schon zu oft passiert, das muß ich verhüten für heute.

Lied

1.

Die Lieb' ist ein Rausch allemal bei die Männer,
Das haben mir Leute g'sagt, ausg'machte Kenner.

34 aus frz. *Monsieur* ›Herr‹.

Und so wie der Mensch in ein'
Rausch sich benimmt,
So is er dann auch in der Lieb'
ganz bestimmt.
Den fröhlich der Wein macht,
den macht's auch die Lieb',
Und wer beim Trunk weint,
der liebt schwärm'risch und
trüb.
Wer gern im Rausch rauft und
ein' jeden gleich packt,
Der prügelt als Mann auch sein
Weib unverzagt.
(Jodler.)

2.

In der Dauer der Lieb' kann
man deutlich auch sehn,
Zwischen Lieb' und Rausch
muß a Verwandtschaft bestehn.
Beim Armen, der Bier nur und
Schnaps trinken kann,
Bei dem hält der Rausch und
die Lieb' auch lang an.
Champagner, den trinken nur
die reichen Leut',
Sie krieg'n ein' klein' Dusel,
wer'n gleich wieder g'scheit.
Grad so währt auch ihre Liebe
nur ein paar Stund',
Das wär' so was, wo man sein
Glück machen kunnt'.
(Jodler. Zur Seite links ab.)

FÜNFZEHNTER AUFTRITT

Johann, Fanny (treten links ein).

Fanny. Mein Fräulein kann sich also verlassen auf dich?

Johann. Zehn beigefügte

Dukaten haben ihr mündliches Bittgesuch in meinem Herzen introduziert[35] und daselbst demselben eine freundliche Aufnahme verschafft.

F a n n y. Du kennst nichts als Geld und immer Geld! Ich tu' für mein Fräulein alles gern umsonst.

J o h a n n. Ich nicht.

F a n n y. Ich könnt' das Leben lassen für sie.

J o h a n n. Ich nicht. Mir ist mein Leben lieber als das Leben einer unbegrenzten Anzahl von Fräulein.

F a n n y. Du bist ein herzloser Mann!

J o h a n n. Und du ein geldloses Mädel.

F a n n y. Du hast deine Sprache gegen mich sehr verändert seit einiger Zeit. Vom Geld hast du nichts gesagt, wie du mich hast kennengelernt.

J o h a n n. Weil ich dich damals für eine pfiffige Soubrette[36] gehalten hab', von der ich hoffte, sie wird sich Vermögen und durch Vermögensumstände meiner würdig machen.

F a n n y. Mit andern Worten also, du kündest mir, weil ich nichts hab', Lieb' und versprochene Heirat auf?

J o h a n n *(kalt).* Es hat den Anschein.

F a n n y. Das ist schändlich von dir!

35 (lat.) eingeführt, eingeleitet.
36 (frz.) Sopransängerin für heitere Opern- und Operettenrollen.

Johann. Aber g'scheit!

Fanny. Du bist nicht wert, daß ich – *(weinerlich)* mich ärgert's nur, daß ich weinen muß.

Johann. Hm! Weinen ist sehr gesund für ein Frauenzimmer, es erleichtert die Brustbeklemmungen, mildert den Herzkrampf und befördert den Fortgang der Strauken[37].

Fanny. Du bist ein Unmensch! *(Geht weinend ab.)*

SECHZEHNTER AUFTRITT

Johann (allein).

Johann. Das ist Geschmackssache. Weshalb soll ich s' denn heiraten, wenn es sich nicht rentiert? Der Ehstand, wenn er kinderlos is, is um fünfzig Prozent kostspieliger als der ledige; kommt Familie, so steigt es auf hundert Prozent; Gall' und Verdruß kann man auch auf etliche Prozent anschlagen; ergo muß die Frau immer etwas mehr Vermögen haben als der Mann, sonst schaut für unsereinen ein klares Defizit heraus.

SIEBZEHNTER AUFTRITT

Voriger; Emilie, dann Bonbon.

Emilie. Lieber Johann –!

Johann. Befehlen untertänigst –

37 Schnupfen.

Emilie *(nach der Türe links sehend).* Ha, der Chevalier!
Bonbon *(eintretend).* Schöne Braut –
Emilie. Mein Vater ist auf seinem Zimmer, wenn Sie –
Bonbon. Wenn ich aber die Tochter suche, die Braut, die Geliebte –
Emilie. Dann ist es umsomehr Ihre Pflicht, den Vater zu trösten, wenn ihm Unangenehmes begegnet ist.
Bonbon. Unangenehmes?
Emilie. Aus seinem Munde werden Sie's vernehmen.
Bonbon. Ich eile, doch Angenehmes hoffe ich dann aus Ihrem Munde zu hören. *(Ab.)*

ACHTZEHNTER AUFTRITT

Emilie, Johann.

Emilie. Johann!
Johann. Gnädiges Fräulein!
Emilie. Fanny wird Ihm gesagt haben –
Johann. Ich weiß alles.
Emilie. Ich hoffe nicht, daß Er mir Ursache geben wird, mein voreiliges Zutrauen zu Ihm zu bereuen.
Johann. Sie haben Gold gesäet, Sie werden goldne Früchte ernten.
Emilie. Ich liebe –
Johann. Haben vollkommen recht; Liebe ist die schönste Blüte des Lebens.
Emilie. Ich hasse den Chevalier.

Johann. Haben vollkommen recht; ihm fehlen Schönheit und Jugend, die beiden Urstoffe der Gartenerde, in welcher die Blume der Gegenliebe gedeiht.

Emilie. Ich weiß keine Rettung, als wenn Adolf mich entführt.

Johann. Haben vollkommen recht; Entführung ist die Poesie des Durchgehens.

Emilie. Ich will lieber als Adolfs Gattin im Elend sein als an der Seite eines anderen im Überfluß leben.

Johann. Das hat zwar noch keine g'sagt, die schon im Elend war, aber Sie haben dennoch vollkommen recht, weil das romantische Elend, von dem zur Gewohnheit gewordenen Überfluß aus betrachtet, sehr eine reizende Ansicht gewährt.

Emilie. Weiß Er mir Mittel und Wege an die Hand zu geben?

Johann. Bei einer Entführung lassen sich nur die *Mittel* an die *Hand* geben, die *Wege* gehören in das Departement der *Füß'*; die *Mittel* müssen *nah* sein, die *Wege weit*. Die *Mittel* müssen *glänzend* sein, nämlich Gold, die *Wege* aber um so *dunkler*. Die *Mittel* muß eins der *Durchgehenden haben*, und die *Wege* muß das andere *wissen*. Das sind die Grundprinzipien zur Theorie des doppelten Abfahr'ns[38].

38 *abfahren:* schnell verschwinden, fliehen.

Emilie. Es ist ein schwerer Schritt, aber meine Abneigung gegen den Chevalier, die so unüberwindlich ist wie meines Vaters Härte, zwingt mich dazu.

NEUNZEHNTER AUFTRITT

Fanny (durch den Saal rechts kommend); Vorige.

Fanny. Um alles in der Welt, Fräulein, lassen Sie sich mit dem abscheulichen Menschen in nichts ein!

Emilie *(befremdet)*. Wie? Hast du nicht selbst ihn zum Vertrauten unserer Pläne mir anempfohlen?

Fanny. Das hab' ich, weil ich ihn für pfiffig gehalten hab', jetzt kenn' ich ihn aber durch und durch, er ist schlecht.

Emilie. Was ist denn geschehn?

Fanny. Er will mich nicht heiraten.

Johann. Aus Gründen.

Fanny. Er liebt mich nicht mehr.

Johann. Aus Ursachen.

Fanny. Er laßt mich sitzen.

Johann. Aus Raison[39].

Emilie. Johann, wenn das so ist, muß ich Ihm sagen, Er ist ein wortbrüchiger Mensch.

Johann *(sehr unterwürfig)*. Ich bitte, das gehört ja gar nicht hierher; ich leite gegen ein bil-

39 (frz.) Vernunft, Einsicht.

liges Honorar Ihre Intrige, und weiter –

Emilie *(entrüstet).* Er ist ein Mensch ohne Grundsätze.

Johann. Ach ja, Grundsätze hab' ich.

Emilie. Aber schlechte.

Johann. Mein Gott, ich denk' mir halt, für einen Bedienten ist bald was gut g'nug.

Emilie. Er verdient meine Fanny gar nicht.

Johann. Eben deswegen wäre es eine Unbescheidenheit, wenn ich nach ihrem Besitze trachten wollte.

Fanny. Er spott't noch über mich, das ist zu arg. *(Weint.)*

Emilie. Fort aus meinen Augen, Elender!

Johann *(sich verbeugend).* Oho, Sie scheinen mich beleidigen zu wollen. Sie vergessen, mein gnädiges Fräulein, daß Sie mir Ihr Geheimnis anvertraut haben. Auf so was muß man ja hübsch denken, wenn man sich einmal in die Hände der Dienstboten gibt – denn das ist a Volk – da muß man beimBöswerden hernach seinen Ton kurios moderieren[40]. Schaun S', mich kost't es zum Beispiel nur ein Wörterl, so nimmt der Herr Papa ein Karbatscherl[41] und treibt Ihnen die Lieb' aus 'n Herzerl. Drum seit der Preisgebung Ihres Geheimnisses müssen Sie ja nicht mehr glauben, Sie sei'n meine

40 (lat.) seltsam mäßigen.
41 Karbatsche (türk.): Peitsche.

gebietende Frau! *(Sich stolz emporrichtend und mit festem Tone.)* Jetzt bin ich der Herr! *(Gleich wieder ganz submiß*[42]*.)* Übrigens das nur zur Privatnotiz. Sie zahlen mir jetzt das doppelte Honorar, und ich leite untertänigst bereitwilligst Dero Intrige. *(Will abgehn.)*

Emilie *(leise und wie vernichtet zu Fanny).* Fanny, was hast du mir –

(Es wird geläutet.)

Johann *(kehrt schnell um).* Der gnädige Herr läut't. *(Eilig ab.)*

ZWANZIGSTER AUFTRITT

Die Vorigen ohne Johann.

Emilie. Schrecklich! So ein Mensch weiß jetzt –!

Fanny. Ich bin wie aus den Wolken gefallen. Sei'n Sie nur auf mich nicht bös!

Emilie. Wie könnt' ich? Du hast es ja gut gemeint. Was ist aber jetzt zu tun?

Fanny. Ihn nicht mehr bös machen und Dukaten springen lassen.

Emilie. O gerne, alles!

Fanny. Ich entflieh' mit Ihnen, daß ich nur *den* nicht mehr seh'. Vergessen wird so ein Mensch bald sein, und wenn mein Gemüt noch zehnmal so tief wäre, als gewöhnlich die Stubenmädelgemüter sind.

42 (lat.) ehrerbietig, unterwürfig.

J o h a n n *(tritt ein).* Die Fräul'n möchten zum Herrn Papa kommen.
E m i l i e. Sogleich! *(Geht ab.)* *(Fanny, ohne Johann anzusehen, schnell ab.)*

EINUNDZWANZIGSTER AUFTRITT

Johann (allein).

J o h a n n. Bald hätt' ich vergessen, die Spieltisch' muß ich arrangieren. *(Nimmt aus einer Tischlade Karten und Markenschachteln.)* Da werden s' Whist[43] spielen. *(Legt Karten und Markenschachteln auf die beiden hinteren Tische.)* Und da Tarock[44]. *(Legt Karten und Markenschachteln auf die beiden vordern Tische.)* Ich hab' auch einmal g'spielt, sehr stark, wie ich noch kein Geld hab' g'habt. Jetzt aber, seitdem ich was hab', is mir das Geld eine viel zu ernsthafte Sache, als daß ich drum spielen könnt'. Und 's is auch was Fades, das Kartenspiel'n; ich begreif' nicht, wie man da was dran finden kann. Man verliert Geld und Zeit. Zeitverlust ist auch Geldverlust, also verliert man doppeltes Geld und kann nur einfaches gewinnen. Wo ist da die Raison? Und doch behaupten so viele, sie spiel'n nach der Raison. Wie is das möglich, da das Spiel an und

43 (engl.) Kartenspiel.
44 (ital.) Kartenspiel.

für sich keine Raison ist! Daß das Spiel nicht Sache des Verstandes ist, das zeigt sich ja schon aus dem ganz klar, daß die g'scheitesten Leut' beim Spiel oft so dumm daherreden. Man muß nur ins Kaffeehaus gehen und zuschaun, da muß man dann ein' Degout[45] krieg'n, da begreift man gar nicht, wie's möglich war, daß man selber jemals mit'gspielt hat.

Lied[46]

1.

Ist das etwas Ang'nehm's, wenn ich mich hinhock'
Und spiel' von halb drei bis um neune Tarock?
Der eine spielt schmutzig, der andere schlecht,
Das ist ja grad, daß man aus der Haut fahren möcht'.
Der macht drei, vier Ultimo[47] in einem Nu,
Drauf paßt er als erster, hat d' Hand voll Atout[48].
Der sticht den Pikkönig, man schimpft übers Glück,
Nach vier Stich' heißt's: »Verzeihn Sie, ich hab' noch a Pik.«
Der denkt sich: »Pagat[49] ansag'n? Wird's ratsam sein?«
Und schaut seinem Nachbarn in d' Karten hinein.
Man kriegt oft kein ord'ntlich's Blatt, nit zum Erleb'n,

45 (frz.) Ekel, Abneigung.
46 Im Erstdruck fehlen Strophen 3 und 4.
47 (lat.) Bezeichnung für den letzten Stich im Tarockspiel.
48 (frz. ›auf alles‹) Trumpf.
49 (ital.) ähnlich wie Ultimo: letzter Stich.

Endlich steig'n tous les trois[50]
auf; jetzt heißt's, 's is ver-
geb'n.[51]
Da finden d' Leut' dran a Vergnüg'n,
Ich, offen g'sagt, nit, ich müßt's
lüg'n.

2.

Das Whistspielen vor allem,
das is gar ein Genuß,
Ich hab' noch kein Robber[52]
g'sehn ohne Verdruß.
Nix reden! Das is d' erste Re-
gel dabei.
Das sagt jeder, macht aber a
unsinnig's G'schrei.
Der springt bei ein' jedem ver-
dalkten[53] Levee[54]
Mit alle Mordtausendel'ment
in die Höh'.
Der schreit: »Sie hab'n Treff[55]!
Warum hab'n Sie's nit g'-
spielt?«
Der sagt: »Korrigier'n S' mich
nit, sonst werd' ich wild.«
»Mit Ihnen Whist spiel'n, das
ist sehr angenehm,
Ich glaub', mit dreizehn Atout
noch verpatz'n S' ein'
Schlemm[56].«
»Sei'n S' stad[57]«, sagt der an-
dere, »tuschier'n Sie mich nicht«,
Und wirft seinem Partner fast
d' Karten ins G'sicht.

50 (frz. ›alle drei‹) im Tarockspiel die Karten »Pagat«, »Mond« und »Sküs« (die niederste und die zwei höchsten Tarockkarten).
51 die Karten sind falsch ausgeteilt.
52 (engl.) Doppelpartie im Whistspiel.
53 verpatzten.
54 (frz.) Stich im Whistspiel.
55 Trumpf im Kartenspiel.
56 (engl. *slam*) im Whistspiel die Partei, die keinen Stich erhält.
57 ruhig, still.

Da finden d' Leut' dran a Vergnüg'n,
Ich, offen g'sagt, nit, ich müßt's lüg'n.

3.

Der schönste Genuß aber tut außaschaun,
Wenn man a Spielpartie kriegt mit a paar alte Fraun,
Es ist nit zum glaub'n, was all's für ein'n Diskurs[58]
Bei einer solchen Pref'ranz[59] der Mensch anhör'n muß!
Die erzählt den Verdruß, den s' mit die Dienstboten hat;
Die zerlegt alle häuslich'n Verhältniss' der Stadt;
Wenn s' ausspiel'n soll, greift s' g'schwind noch einmal in Sack,
»Erlauben S', mon cher[60]!« und schnupft wieder Tabak;
Die andere hat Ängsten und spielt ganz verwirrt,
Weil im Zimmer a Mopperl ihr Pintscherl sekkiert[61].
Und g'winnt man sechs Groschen, so machen s' ein' aus[62]
Und beim Zahl'n heißt's: »Ich hab' meinen Beutel[63] zu Haus!«
Da finden d' Leut' dran a Vergnüg'n,
Ich, offen g'sagt, nit, ich müßt's lüg'n.

58 (lat.) Unterhaltung, Erörterung.
59 *Préférence:* frz. Kartenspiel.
60 (frz.) mein Lieber.
61 (ital.) quält, belästigt.
62 so führen sie einen an.
63 Tasche, Geldbeutel.

4.

's Hasardspiel[64], das muß man erst kennen aus 'n Grund,
Das is nicht nur z'wider, das bringt ein' auf 'n Hund.
Da setzt mancher oft noch sein letzt's bissel Geld,
Glaubt, einmal muß 's einschlag'n, und allweil is's g'fehlt,
Jetzt setzt er sein' Ring und jetzt setzt er sein' Uhr,
Den Verlust wieder 'rein z' kriegen, aber kein' Spur,
Jetzt setzt er sein' Rock, um doch etwas z' krieg'n,
Der Bankgeber tut auch den Rock noch einzieg'n,
Da treibt ihm Verzweiflung die Augen heraus,
Denn er muß zu sein' Weib und acht Kindern nach Haus.
D' Familie, die weint, und d' Familie, die schreit,
Sind voller Hunger und krieg'n nix für heut.
Da finden d' Leut' dran a Vergnüg'n,
Ich, offen g'sagt, nit, ich müßt's lüg'n.

5.

Hunderteins spiel'n d' Fiaker[65], und d' Unterhaltung ist groß,
Da hauen s' in Tisch hinein ärger noch als d' Ross'.
Da schreien s': »Million nein! Wer hätt' sich das denkt!«
Wenn man fragt: »Was ist g'schehn?«

64 Glücksspiel.
65 Mietkutscher.

– »Der hat 'n Maxel[66] aus-
g'henkt!«
's tun viele ihr Geld zum Halb-
zwölfespiel trag'n,
Den Tag drauf um halb zwölf
haben s' nix als ein' leer'n
Mag'n.
Da spielen a paar Strohmandl[67]
an ein' Tischerl klein
Und vergessen dabei, daß s'
selbst Strohmandln sein.
Ich kenn' nur ein einziges Spiel,
was mich g'freut,
Nämlich das Spiel, was Ihrem
Vergnügen geweiht.
Wenn man da reüssiert[68], spielt
man g'wiß nicht umsunst,
's winkt einem hoher G'winn,
und der ist Ihre Gunst.
Das läßt sich mit Gold nit auf-
wieg'n,
Daran find' ich 's größte Ver-
gnüg'n.
(Ab durch den Saal links.)

ZWEIUNDZWANZIGSTER AUFTRITT

(Unten wird es dunkel.)

(Oben werden im Saal die Luster[69] angezündet und alles zum Empfang der Gesellschaft geordnet.)

Schlucker, Sepherl, Damian, Christoph, Seppel, Nettel, Resi.

Sepherl *(im Kommen)*. Da wären wir wieder. *(Macht Licht.)*

66 Tarockkarte; davon die Redensart »der hängt scho' der Maxl«: mein Wunsch ist der Erfüllung nahe.
67 im Kartenspiel der fehlende vierte Mann; weitere Bedeutung: Vogelscheuche, übertragen: kein »richtiger« Mann.
68 (frz.) Erfolg hat.
69 Kronleuchter.

Schlucker *(zu den Kindern).* Habt's die über'bliebenen Bügeln[70] nit vergessen?
Damian. Ich hab' s' alle in mein Tüchel ein'bunden.
Christoph. Die g'hör'n auf morgen fruh.
Sepherl. Jetzt allons[71], marsch, schlafen, Kinder!
(Die Kinder ab.)
Damian. Ich hab' der Salerl z' Lieb' zu wenig trunken und mir z' Lieb' z' viel gessen. Jetzt druckt's mich in Magen.
Sepherl *(zu Schlucker).* Du gehst jetzt aber auch ins Bett!
Schlucker. Zuerst muß ich dem Großen meine Meinung noch sagen.
Sepherl. Geh, fang heut nix mehr an.
Damian. Nein, der Schwager hat recht; wenn eine ganze Familie sauft, so soll er sich auch nicht ausschließen.

DREIUNDZWANZIGSTER AUFTRITT

Die Vorigen; Adolf (tritt ein).

Schlucker. Aha, da is er schon, der bockbeinige junge Herr.
Sepherl *(zu Adolf).* Geh, das war nit schön von dir.
Adolf. O Mutter, wenn Sie wüßten, wie mir ist!
(Man hört die Kinder lärmen, schrein und raufen.)

70 eine Art gefülltes Gebäck (Beigeln).
71 (frz.) gehen wir.

Sepherl. Was treiben denn die Fratzen[72] schon wieder? *(Eilt ab.)*

VIERUNDZWANZIGSTER AUFTRITT

Schlucker, Damian, Adolf.

Schlucker *(zu Adolf)*. Warum bist du nicht mit ins Wirtshaus gangen?
Adolf. Mir ist nicht wohl.
Schlucker. Nicht wahr is's, ein verliebter Schmachtlappen bist!
Adolf. Vater!
Damian. Im Ernst, Neveu[73], du bist zuviel Schwärmer.
Schlucker. Ich mag mich nicht mehr ärgern mit dir, denn erstens marschierst du morgen aus 'n Haus, der Herr von Zins schickt dich als Schreiber wohin, fort von hier; er wird deine holde Amasia[74] heiraten und nicht du.
Adolf *(sich zornig in die Lippen beißend)*. So –?
Schlucker. Und fürs zweite kann ich dir's jetzt sagen: du bist nicht mein Sohn, du bist nur ein angenommenes Kind.
Adolf *(erstaunt)*. Wie? Was? – Wär's wirklich so? –
Schlucker. Ja, und ich bin recht froh, daß ich keinen solchen –

72 ungezogene Kinder.
73 (frz.) Neffe.
74 Geliebte (Scherzbildung).

Adolf. Wer ist mein Vater?
Damian. Jetzt is er schon lang gar nicht mehr.
Schlucker. Ein liederlicher Ding[75] war er, verliebter Natur wie du; is in die Welt gegangen, hat dem Glück nachschwimmen wollen und ist in Gott weiß was für einem Meer ersoffen, der Vagabund!
Adolf *(sich zur Mäßigung zwingend)*. Einen großen Teil meiner Schuld für die Wohltaten, die Sie mir erwiesen, trage ich hiermit ab, daß ich zu den Schmähungen, die Sie gegen meinen rechten Vater ausstoßen, schweige.
Schlucker *(auf ihn zugehend)*. In was für einem Ton red'st du denn mit mir?
Damian *(zwischentretend)*. Seid's so gut, weil jetzt die Bande der Natur gesprengt sein, fangt's gleich a bissel zum Raufen an.
Adolf *(mit Festigkeit zu Schlucker)*. Den Zoll der Dankbarkeit werde ich, wo ich auch sein mag, redlich abtragen. Nehmen Sie aber auch die Erklärung: Ich gehe fort von hier; doch nicht, wohin der saubere Herr von Zins und Sie wollen, sondern wohin *ich* will. Auch versichere ich Sie, die heutige tyrannische Behandlung mit dem Brief hätt' ich nicht geduldet, wenn ich gewußt hätte, daß Sie nicht mein Vater sind.

75 Bezeichnung einer Sache oder Person, deren Benennung oder Name einem nicht einfällt, im übertragenen Sinne auch geringschätzig für »Mensch«.

Schlucker *(ergrimmt).* Kecker Pursch, du unterstehst dich –?

Damian *(zu Schlucker).* Geh schlafen, Schwager! Die Bande der Natur sein gesprengt, du riskierst, daß er dir a paar obahaut[76].

Schlucker *(erbost zu Adolf).* Morgen sprechen wir uns noch, ich will dir deinen hochmütigen Schädel geschmeidig machen, wart, du – du Pursch übereinand'[77]! *(Geht ab.)*

FÜNFUNDZWANZIGSTER AUFTRITT

Vorige ohne Schlucker.

Adolf *(nachsinnend).* Mein Vater – Vetter Damian!

Damian. Sie nennen mich noch Vetter nach Sprengung sämtlicher Bande der Natur?

Adolf. Ach, laßt das! Ihr kanntet meinen Vater?

Damian. Ja, aber ich bin jetzt viel zu schläfrig –

Adolf. Wo sahst du ihn?

Damian. Zwanzig Meilen von hier in – Dingsdader anno dazumal, wie Sie nur so lang waren. *(Zeigt die Länge eines kleinen Kindes.)*

Adolf. Und die Nachricht seines Todes?

Damian *(gähnend).* Die hat uns einmal einer erzählt. *(Geht zu seinem Bett.)*

76 herunterhaut.
77 Ausdruck der Steigerung.

SECHSUNDZWANZIGSTER AUFTRITT

Die Vorigen; Salerl.

Salerl *(im Eintreten)*. Mussi Adolf!

Damian *(zu Salerl)*. Wo bist denn du g'steckt die ganze Zeit?

Salerl. Ich hab' mit 'n Stubenmädel g'red't von da oben.

Adolf *(dringend)*. Was sagt sie?

Salerl. Ich hab' g'sagt, daß Sie in der Desparation[78] sein.

Adolf. Was hat sie gesagt?

Salerl. Ich hab' g'sagt, daß Sie sich etwas antun woll'n.

Adolf. Was hat denn aber sie gesagt?

Salerl. Die Bedienten sein vorbeigegangen, und sie ist hineing'ruft wor'n und so hat sie gar nix g'sagt.

Sepherl *(von innen)*. Salerl!

Salerl. Komm' schon! – Gute Nacht, Damian! *(Ab.)*

SIEBENUNDZWANZIGSTER AUFTRITT

Adolf, Damian.

Damian. Gute Nacht, Geliebte! *(Pause. Er gähnt.)* Ich bin, meiner Seel', zum Ausziehen z' faul.

Adolf *(für sich)*. So stünd' ich denn allein auf dieser Welt.

Johann, Friedrich, Bediente.

(Johann tritt mit den übrigen Bedienten ein; alle haben silberne Armleuchter in der Hand. Zwei davon stellen Leuchter auf die Spieltische und zünden die Luster auf usw.)

78 (frz.) Verzweiflung.

Johann *(zu Friedrich).* Die Gesellschaft ist schon im Empfangzimmer versammelt und wird gleich in den Saal kommen.
(Die übrigen Bedienten haben ihre Armleuchter ebenfalls auf die Spieltische gestellt.)

Damian. Ich leg' mich grad als so Angezog'ner aufs Bett; so is morgen beim Aufstehen auch wieder a Arbeit erspart. *(Legt sich auf das Bett.)*

Friedrich. Heute Nacht wird's lebhaft zugehn.

Adolf. Allein, ohne Eltern, ohne Verwandte, bald getrennt auch von ihr, die mir alles ist!

Johann. Schöne G'sichterln gibt's, wo man nur hinschaut, auf 'n heutigen Ball.

Adolf. Es ist beschlossen, ich gehe fort.

Johann *(zu den Bedienten).* Wir bleiben da und servieren im Spielzimmer.

Adolf. Ich habe nichts mehr zu verlieren –

Johann. Was auf die Erd' fallt, g'hört uns.

Adolf. Auch nichts zu hoffen in der weiten Welt. *(Geht tiefsinnig auf und nieder.)*

(Die Tanzmusik beginnt von innen, die Flügeltüren des Salons öffnen sich, und man sieht die Gesellschaft in den prachtvoll erleuchteten Tanzsaal eintreten; im Hintergrunde wird getanzt.)

ACHTUNDZWANZIGSTER AUFTRITT

<table>
<tr>
<td>Die Vorigen.</td>
<td>Vorige; Goldfuchs, Bonbon, Herr von Steinfels, Herr von Wachsweich, mehrere ältere Herren und Damen.

G o l d f u c h s. Jetzt sollen sie tanzen, bis der Tag anbricht.
B o n b o n. Wir setzen uns zum Spiel.
G o l d f u c h s. Wem ist Whist, wem Tarock gefällig?
E i n i g e H e r r e n. Wir haben die Partien schon unter uns arrangiert.
G o l d f u c h s. Ah, scharmant, desto besser!
B o n b o n. Ich spiele in jedem Falle Tarock, Whist strengt mir den Geist zu stark an.
(Alle setzen sich, und zwar so, daß an den beiden vorderen Tischen zu dreien Tarock gespielt wird, nämlich rechts Goldfuchs mit einem Herrn und einer Dame, links Bonbon mit einem Herrn und einer Dame. An den beiden hinteren Tischen spielen zwei Herren und zwei Damen Whist, an einem Herr von Wachsweich, an dem anderen Herr von Steinfels.)</td>
</tr>
<tr>
<td>A d o l f. Ich muß ihr Worte des Abschiedes schreiben, ihr sagen, daß sie mich nimmer sieht, daß ich sie nie vergessen werde. (Setzt sich zu einem düster brennenden Licht und schreibt.)</td>
<td></td>
</tr>
</table>

(Die Tanzmusik und der Tanz währen im Hintergrunde bis zum Aktschlusse fort.)

NEUNUNDZWANZIGSTER AUFTRITT

Vorige; Fanny.

Fanny *(leise eintretend).* Sind Sie allein?

Adolf *(überrascht).* Wie? – Fanny?

Fanny. Ich habe Ihnen Wichtiges zu sagen!

Adolf. Oh, sprechen Sie!

Fanny. Mein Fräulein liebt Sie über alle Maßen.

Adolf. Wie, jetzt noch, nach dem abscheulichen Brief, den –

Fanny. Abscheulich war Ihr Brief nicht; etwas kühn war das Begehren, daß sie zu Ihnen kommen soll, aber –

Adolf *(äußerst befremdet).* Das stand in dem Brief, den das Fräulein von mir –

Fanny. Na, Sie werden doch wissen, was Sie geschrieben haben? 's ist schrecklich mit die Verliebten!

Adolf. Unbegreiflich! – Was sagt Emilie?

Fanny. Sie weint, sie ist trostlos und muß jetzt tanzen, während ihr Herz –

Die Vorigen.

Goldfuchs *(im Spiele).* Einen Dreier!

Bonbon *(im Spiel).* Meine Cœur-Dame[79] werd' ich verlieren.

Johann *(beiseite).* So viel ist gewiß.

79 (frz.) Herz-Dame, hier zugleich Anspielung.

Herr von Steinfels *(am Whisttisch).* Cœur ist Atout!

Adolf. Was ist vorgefallen?

Fanny. Der Vater zwingt sie zu einer verhaßten Heirat.

Adolf *(sich mit der Hand vor die Stirne schlagend).* O Himmel –!

Schlucker *(von innen).* Da möcht' man des Teufels werden.

Fanny. Man kommt! – *(Ab.)*

(Adolf geht zum Tisch, wo er schrieb.)

DREISSIGSTER AUFTRITT

Die Vorigen ohne Fanny, dazu Schlucker.

Die Vorigen.

Schlucker *(im Nachtgewande und mit Nachtlicht eintretend).* Wenn das verdammte Musizieren und Tanzen da oben so fortgeht, das wird dann für uns eine angenehme Nacht.

Damian *(spricht aus dem Bett).* Es ist nicht möglich, man kann in keinen Schlaf kommen.

Schlucker. Auf d' Letzt' wecken s' mir noch die Kinder alle auf. Hat der Schwager kein Buch zum Lesen?

Damian. Auf 'm Ofenmäuerl drin liegt der Abälard und die Heloise.[80]

80 beliebter Roman von Abaelards (1079–1142) tragisch endender Liebe zu Héloïse; erschien z. B. 1806 von Ignaz Aurelius Feßler (1756–1839).

Bonbon. Das ist etwas Ennuyantes[81], wenn man gar kein ordentliches Spiel bekömmt.

Schlucker. Gut, ja, das werd' ich lesen; wenn mir dann noch kein Schlaf kommt, so is keine Hilf' mehr. *(Ab.)*

EINUNDDREISSIGSTER AUFTRITT

Adolf, Damian.

Die Vorigen.

Adolf. Jetzt ist sie fort! Oh, die verwünschte Störung!

Herr von Steinfels *(am Whisttisch).* Ich habe vergeben.

Damian. Gib der Adolf ein' Ruh', das is ja gar z'wider, oben die Musik und hierunt' die ganze Nacht diese Stubenmädlerei im Zimmer.

Adolf. O Vetter, morgen werd' ich Euch nicht mehr lästig fallen.

Damian. Das ist mir alles eins. Es ist halt so etwas Fatales, diese ewige Stubenmädlerei. Sogar das Vieh hat bei der Nacht a Ruh', warum soll denn hernach ich keine haben? *(Dreht sich um und schläft ein.)*

Goldfuchs *(im Spiele).* Tous les trois! – Vier Könige! – Pagat Ultimo!

Adolf *(in Gedanken versunken).* Was nützt mich das alles! – Sie liebt mich und muß doch das Weib eines andern werden! *(Setzt sich schwermütig und schreibt.)*

81 (frz.) Langweiliges.

ZWEIUNDDREISSIGSTER AUFTRITT

Die Vorigen.

Vorige; Emilie, dann Fanny.

E m i l i e *(kommt aus dem Tanzsaal und stellt sich zu einem Whisttisch).* Ich kann nicht mehr tanzen.

B o n b o n *(sie bemerkend).* Bringen Sie mir Glück, holde Braut! *(Ihr seine Markenschachtel zeigend.)* Sehen Sie, ich bin der schlechteste.

J o h a n n *(beiseite).* Das war er schon, eh' er noch zum Spielen ang'fangt hat.

F a n n y *(schleicht sich in Emiliens Nähe und sagt leise).* Ich war bei ihm.

E m i l i e *(schnell und leise).* Was sprach er?

F a n n y *(ebenso).* Er war wie vom Donner gerührt, wie ich ihm gesagt hab', Sie sei'n Braut.

E m i l i e. Mir möchte das Herz zerspringen. Was soll ich tun?

F a n n y. Bis morgen um die Zeit muß der entscheidende Schritt geschehen sein.

B o n b o n *(im Spiel).* Ich passe!

(Fanny und Emilie fahren über dieses Wort erschrocken zusammen.)

F a n n y *(dringend).* Gehen Sie jetzt nur einen Augenblick mit mir hinunter!

E m i l i e. Wie kann ich? – Wie schickte sich das?

F a n n y. Wenn er Ihnen morgen entführen soll, so müssen

Sie ja heut mit ihm reden, und ich werde ja dabei sein.

Emilie *(entschlossen).* Warte draußen, – hole meinen Wickler[82], ich komme gleich.

(Fanny links ab.)

Ein Herr *(kommt aus dem Saale, zu Emilien).* Mein Fräulein, darf ich bitten eine Tour[83]?

Emilie *(in heftiger innerer Bewegung).* Unmöglich jetzt, – ich – ich bin zu echauffiert.

Der Herr. So werd' ich später die Ehre haben. *(Ab in den Saal.)*

(Emilie sieht sich sorgfältig um und entfernt sich schnell.)

Adolf *(am Tische, den Kopf traurig in die Hand stützend).* Oh, Emilie!

Damian *(im Schlafe).* Oh, Salerl! Geh her!

(Man ruft im Tanzsaal nach einer kleinen Pause: Kotillon[84]! Kotillon! Alle Tanzenden stellen sich zum darauffolgenden Kotillon.)

Damian *(aufwachend).* Nein, das Remisori[85] is mir einmal z' stark.

Goldfuchs *(im Spiel).* Solo[86]!

Johann *(zu Goldfuchs).* Euer Gnaden haben halt überall 's Glück.

Adolf. Es ist vollendet! *(Will das Briefchen zusammenlegen.)*

82 Wolltuch, Schal; im Erstdruck: *Shawl.*
83 Tanzrunde.
84 Gesellschaftstanzspiel.
85 *Remassuri:* ausgelassener Lärm, von ital. *rammassare* ›sammeln, häufen‹.
86 (lat.-ital. ›allein‹) Begriff im Kartenspiel.

Damian *(steigt aus dem Bett).* Ich geh' jetzt die ganze Nacht auf und ab, denn das –

DREIUNDDREISSIGSTER AUFTRITT

Vorige; Fanny, Emilie.

Die Vorigen.

Fanny *(Emilien hereinführend).* Nur näher, Fräulein, fürchten Sie sich nicht!
Adolf *(in freudiger Überraschung).* Was seh' ich? Emilie! *(Eilt hin und führt sie vor.)*
Damian. Das is mir grad noch ab'gangen.
Adolf. Ist's möglich? Sie haben sich herabgelassen –?
Damian. Warum nicht gar? Herablassen an ein' Strick? Die Fräule wird wohl über die Stiegen herunter'gangen sein.
Emilie *(die über das Ballkleid einen Wickler geworfen, erschrickt, als sie Damian gewahrt).* Wir sind nicht allein!
Fanny. Von dem haben wir nichts zu befürchten.
Damian. Schau, wie sie das weiß, daß ich nicht furchtbar bin!
Emilie *(zu Adolf).* Ich tue einen unbesonnenen Schritt.
Adolf. Sie werden ihn nie bereuen, Emilie, ich liebe Sie unaussprechlich.
Emilie. O Adolf, ich soll diese Hand einem andern reichen! Ihnen gehört mein Herz, retten Sie mich!
Adolf. Nur ein Mittel gibt's, fliehen Sie mit mir!

Emilie *(mit unruhiger Befangenheit)*. Die nächste Nacht! Jenseits der Grenze werden wir getraut und dann –

Adolf. Du mein Weib! – Ich bin der glücklichste Mensch auf dieser Welt. *(Schließt Emilien in seine Arme.)*

Damian *(mit einem koketten Seitenblick auf Fanny)*. Man kriegt völlig lange Zähn', wenn man da zuschaun muß.

(Es wird an der Haustüre geläutet.)

Emilie *(erschrocken)*. Was ist das?

Damian. Es hat wer gelitten[87].

Bonbon. Wer kommt noch so spät?

(Johann geht hinaus.)

Emilie *(in ängstlicher Eile)*. Komm geschwind, Fanny! Morgen, morgen! Adolf! *(Eilt mit Fanny ab.)*

Adolf. Emilie!

Goldfuchs. Fehlt noch ein Gast?

VIERUNDDREISSIGSTER AUFTRITT

Vorige ohne Emilie und Fanny. Dazu Grob und Trumpf (zur Mitte hereineilend).

Vorige.

Grob. Bald hätten s' uns nit herein'lassen.

Trumpf. Zum Glück is ein Stafettenreiter[88] mit uns zu-

87 geläutet (Dialektbildung)
88 reitender Eilbote.

gleich gekommen, der im ersten Stock was abzugeben hat.
Damian. Was wollt's denn aber in der Nacht?
Grob. Alles aufrebellen im Haus! Die Frau Sepherl hat ein' Terno[89] g'macht.
Damian. Jetzt hör' der Herr auf!
Grob. Sie hat mir die Nummern g'sagt, und ich Esel hab' s' nit g'setzt.
Damian *(schreit gegen rechts)*. Schwager! Sepherl! Heraus!
Grob. Ich hab' glaubt, der Schlag trifft mich, wie mein Vetter jetzt ins Wirtshaus kommt und sagt mir, was heut zog'n worden is.
Damian *(nimmt einen Stuhl und wirft ihn gegen die Türe rechts, daß sie auffliegt)*. Schwager! Sepherl! Heraus!

Johann *(kommt zurück)*. Eine Stafette aus Marseille. *(Gibt selbe an Goldfuchs.)*
Bonbon *(neugierig vom Spieltisch aufspringend)*. Vom Bruder? Das betrifft die Spekulation zur See.

FÜNFUNDDREISSIGSTER AUFTRITT

Vorige, Sepherl, Schlucker.

Die Vorigen.

Goldfuchs *(aufstehend und den Brief erbrechend)*. Johann, gratuliere mir zum neuen Reichtum. *(Liest.)*

89 Treffer (in der Lotterie)

Schlucker *und* Sepherl *(aus rechts kommend)*. Was ist's denn? Was gibt's denn?

Grob *(triumphierend)*. 4, 16, 51! G'spannt[90] die Frau Sepherl nix?

Damian und Trumpf. Ein Terno!

Sepherl *(in freudigster Überraschung)*. Mich trifft der Schlag!
Schlucker *(ebenso)*. Ich fall' in d' Frais[91]! } *zugleich*

Grob. Achthundert Gulden!

Sepherl. Mann!
Schlucker. Weib!
Das enorme Glück! } *zugleich*

(Stürzen sich jubelnd in die Arme.)

Goldfuchs *(indem ihm der Brief aus den Händen fällt)*. Entsetzliches Unglück! Das Schiff ist gescheitert! Ich bin verloren! *(Sinkt den zwei ihm zunächststehenden Bedienten in die Arme.)*

Bonbon. O Unglück, o Malheur! *(Sinkt ebenfalls ohnmächtig an der anderen Seite zwei Bedienten in die Arme.)*

(Schlucker und Sepherl tanzen jubelnd herum, die Kinder kommen neugierig aus der Türe rechts.)

(Die Tanzmusik endet, alle Gäste stürzen erschrocken vor.)

Schlucker, Grob, Trumpf *(im Chor)*.

Nein, das wird doch ein Treffer sein,

Chor der Gäste.

Was ist geschehn? Was muß das sein?

90 ahnt, merkt.
91 Krämpfe.

Es bricht das Glück mit G'walt herein!
(Allgemeine Gruppe der Freude.)

Es brach das Unglück hier herein.
(Allgemeine Gruppe des Schreckens.)

DRITTER AUFZUG

Dasselbe Zimmer wie am Schlusse des zweiten Aufzuges.

Dasselbe Zimmer wie am Schlusse des zweiten Aufzuges. Von den nach dem Tanzsaale führenden Flügeltüren ist eine geschlossen. Im Tanzsaal sieht man alles in Unordnung, vorne im Zimmer sind die Spieltische weggeräumt.

ERSTER AUFTRITT

Goldfuchs, dann Johann.

Goldfuchs *(verstört aus rechts).* Man hat mir alles versiegelt! – Johann! Johann! – Es steht Wache vor der Türe, das kann doch mich nicht angehn – Johann! – Ich habe ja nur mein und nicht fremdes Geld verloren! – Johann! – Wo mag er denn stecken? – Johann!
Johann *(tritt links ein).* Was wollen S'?
Goldfuchs. Was bedeutet die Wache vor der Türe?
Johann. Das geht Ihnen nix an, sondern den Chevalier Bonbon.
Goldfuchs. Wie das?
Johann. Man weiß, daß

das Malheur mit 'n Schiff Ihnen und dem Bonbon sein'n Bruder in Marseille en compagnie[1] z'grund g'richt't hat. Na, und der Bonbon hat hier Schulden g'macht und versprochen, sein Bruder schickt 's Geld. Jetzt versichern sich die Gläubiger derweil seiner einfältigen Person. Aber sagen Sie mir nur, wie kann man so ein Geschäft entrieren[2] zur See ohne Assekuranz[3]? – Für was wären denn die Assekuranzanstalten und für was würden allweil noch neue erricht't? Wir kriegen jetzt eine Assekuranzanstalt, wo sich die Männer, die heiraten wollen, die Treue ihrer Frauen assekurieren lassen. Wir kriegen eine Assekuranz für Dienstboten, wenn s' an Sonntagen in Gros de Naples[4] ausgehn, wo sie sich 's Wetter assekurieren lassen, daß s' nit naß werden. Kurzum, Sie haben unüberlegt in den Tag hineing'handelt! Da red't man über die jungen Leut'; ja, derweil machen d' alten, wie Sie sein, so dumme Streich'!

Goldfuchs *(frappiert[5])*. Ja, was wär' denn das? Du

1 (frz.) in Gesellschaft.
2 (lat.-frz.) beginnen, in die Wege leiten.
3 (lat.-ital.) Versicherung. – In einer anderen Fassung schlägt Johann noch vor: »eine Assekuranz für Dichter, die a Stuck schreiben, da werden die Stuck assekuriert, daß s' nit durchfall'n«.
4 (frz.) schwerer, glänzender Seidenstoff.
5 (germ.-frz.) überrascht. – Das veränderte Verhalten des Dieners gleicht dem in Ferdinand Raimunds *Der Bauer als Millionär* II, 8 nach dem »Glückswechsel«.

sprichst ja auf einmal in einem ganz anderen Tone mit mir!

J o h a n n. Das is sehr natürlich. Das Gefühl, es steht ein reicher Mann vor dir, das is bei mir der Resonanzboden, über welchen man die Saiten der Höflichkeit aufzieht. Kriegt dieser Resonanzboden durch einen tüchtigen Schlag einen Sprung, dann klingen die Saiten nicht mehr wie früher, sondern geben einen dumpfen, groben Ton.

G o l d f u c h s. Impertinenter Schlingel! Hinaus!

J o h a n n. Ah, das glaub' ich, daß Ihnen das recht wär', weil ich eine Forderung hab'.

G o l d f u c h s. Eine Forderung?

J o h a n n. Die 6 000 Gulden, die mein Vetter bei Ihnen angelegt hat.

G o l d f u c h s. Die soll Er haben. Ich bin nicht so ganz ruiniert, noch habe ich in einem hiesigen Handlungshaus –

J o h a n n. Ich weiß, 80 000 Gulden haben Sie noch hier anliegen beim Bankier, von die werden Sie das Geld zahlen, und das heute noch, denn wie Sie dumm spekulieren, werden die 80 000 Gulden auch bald hin sein.

G o l d f u c h s *(ergrimmt).* Pursche, ich geb' Ihm ein paar Ohrfeigen!

J o h a n n. Das müssen S' nit tun, 's kost't 's Stück fünf Gulden,[6] und Ihnen wird bald ein jeder Groschen weh tun. Das letzte Rettungsmittel für Ihnen, daß die Fräule Tochter eine brillante Partie macht, das is ja auch schon beim Teufel.

Goldfuchs. Wie meint Er das?

Johann. Sie ist ein sauberes Mädel, aber sie verschlagt sich ihren Ruf.

Goldfuchs *(wütend)*. Verleumder! Ich schnüre dir die Gurgel zu.

Johann. Das müßten S' gar vielen Leuten tun, wenn über Ihre Tochter nichts Schlechtes gered't werden soll, denn es wird bald allgemein bekannt werden, daß sie eine liaison ferme[7] hat, da unten mit dem Tandlerbuben. Sehr ehrenvoll das!

Goldfuchs. Schurke, du lügst!

Johann. Da derften S' froh sein. Werden schon daraufkommen, so was deklariert[8] sich von selbst. Jetzt holen S' ein Geld und machen S', daß ich die 6 000 Gulden bald krieg', nachher geh' ich. *(Links ab.)*

6 Bei tätlichen Ehrenbeleidigungen wurde meist die im Strafgesetz vorgesehene Gefängnisstrafe in eine Geldstrafe von fünf Gulden umgewandelt.
7 (frz.) feste Verbindung.
8 (lat.) erklärt.

ZWEITER AUFTRITT

Goldfuchs (allein).

G o l d f u c h s. Also auch von dieser Seite? – Ungeratenes Kind, du sollst das ganze Gewicht meines Zornes fühlen! *(Geht heftig auf und ab, plötzlich besinnt er sich.)* Die Zeit drängt – ich muß eilen; beim Bankier darf ich mein Geld nicht holen, das würde Aufsehen machen, aber anderwärts muß ich Gelder aufnehmen, meinen Aufwand fortsetzen und die Sache noch decken einige Zeit. *(Ruft in die Türe rechts.)* He, Friedrich! Hut und Stock!

(Friedrich bringt es aus rechts.)

G o l d f u c h s *(geht unruhig einmal auf und nieder, sich die Stirn reibend).* Ja, ja, ich muß! *(Links ab.)*

DRITTER AUFTRITT

Ein Gerichtsbeamter und Sepherl (aus links), dann Schlukker und Damian (von rechts).

S e p h e r l *(den Beamten einführend).* Ich werd's gleich mein' Mann sagen, Euer Gnaden. *(Ruft in die Türe rechts.)* Du, Mann, komm g'schwind!

S c h l u c k e r *(kommt mit Damian).* Was is denn?

S e p h e r l. Es ist wer da.

B e a m t e r. Das Gericht hat mich beauftragt –

Schlucker *und* Damian *(erschrocken)*. Das Gericht!?
Beamter. Es betrifft Ihren angenommenen Sohn Adolf.
Schlucker *(leise zu Damian)*. Was muß der Pursch ang'stellt haben?
Beamter. Lassen Sie ihn kommen!
Damian *(ruft in die Türe rechts)*. Mosje[9] Adolf! Ös[10] sollt eing'sperrt werden.
Beamter. Warum nicht gar! Was fällt Ihm ein?

VIERTER AUFTRITT

Vorige; Adolf.

Adolf. Was soll ich?
Beamter. Von mir die Nachricht eines großen, unverhofften Glückes vernehmen.
Adolf *(erstaunt)*. Glück!?
Schlucker. Ja, was treibt denn 's Glück heut?!
Damian. Die Fortuna[11] muß sich den Fuß überstaucht haben, daß s' nit in den ersten Stock auffisteigen kann, sonst kehret s' gewiß nit zu ebner Erd' ein.
Beamter *(zu Schlucker)*. Zuerst muß ich einige Fragen an Euch stellen. Wo habt Ihr vor zwanzig Jahren domiziliert[12]?
Schlucker. Zwanzig Mei-

9 Vgl. 2. Aufz., Anm. 34.
10 Ihr.
11 Vgl. 1. Aufz., Anm. 46.
12 (lat.) gewohnt, den Wohnsitz gehabt.

len von hier, ich war damals Schneider in Mühlenberg.

Beamter. Wer hat neben Euch gewohnt?

Damian. Ein z'grund gegangener Uhrmacher.

Beamter. Namens?

Schlucker. Uns hat er g'sagt: Berger; aber d' Leut' haben g'sagt, das is nur ein falscher Namen g'west, unter dem er vor sein'n Gläubigern sich Ruh' verschafft hat.

Beamter. Ganz recht! Was hinterließ er Euch, als er in die Fremde ging?

Damian. Fünf Gulden und ein' kleinen Bub'n.

Schlucker. Die fünf Gulden haben wir schon lang aus'geb'n –

Damian. Den klein'n Buben haben wir noch. *(Auf Adolf zeigend.)* Da steht er.

Schlucker. Unser einzig's Kind is damals grad g'storb'n.

Damian. War auch bübischen Geschlechts.

Schlucker. So haben wir *den* gleich b'halten.

Beamter. Alles stimmt überein, es ist kein Zweifel. *(Zu Adolf.)* So wissen Sie denn, junger Mann, Ihr Vater lebt.

Adolf *(freudig überrascht).* Lebt!? Wär's möglich!? Oh, sagen Sie, wo, daß ich in seine Arme eile!

Beamter. Die Entfernung seines Aufenthalts ist für Ihre Wünsche viel zu groß. Ihr Vater kam nach langer Wanderfahrt nach Ostindien; dort lächelte ihm das Glück und machte ihn zum reichen Manne. Die Aufenthaltsveränderung Ihrer Zieheltern machte alle Nachforschungen nach seinem Sohne fruchtlos, bis endlich der Zufall einen Freund Schluckers, einen Maurer namens Winter, nach Kalekut[13] führte.

Schlucker. Wer hat denn dem Maurer Winter das Geheimnis entdeckt, daß der Adolf nur ein angenommener Sohn war?

Sepherl. Ich, lieber Mann, ich!

Schlucker *(zu ihr)*. Du? Ich will nit hoffen – mir scheint, du hast den Winter gern g'sehn.

Damian. Warum nit gar? Gern g'sehen? Sie hat bloß ein blindes Zutrauen g'habt!

Beamter *(zu Adolf)*. Ihr Vater, auf diese Weise in Kenntnis gesetzt, ersuchte brieflich das hiesige Gericht, seinem einzigen Sohne die Schrift einzuhändigen, die ihn mit seinem wahren Namen bekannt macht und ihn zum künftigen Erben seines ungeheuren Reichtums ernennt. – Bankier Walter weiß Ihnen nähere Auskunft zu geben und ist zugleich beauftragt, Ihnen dreißigtausend Dukaten auszuzahlen. *(Gibt ihm eine Schrift.)*

13 Kalkutta.

Adolf *(die Schrift nehmend).* Mein Vater lebt, und wäre der Weg zehnmal so weit, ich muß zu ihm, ich muß in seine Arme sinken.

Schlucker *(ganz verblüfft).* Dreißigtausend Dukaten!

Damian. Das is a Roßglück!

Schlucker *(mit respektvoller Verlegenheit).* Herr von Adolf –

Damian. Lieber Baron –

Schlucker. Wie soll ich gratulieren?

Damian *(einen Stuhl bringend).* Nehmen Euer Exzellenz Platz!

Sepherl. Ich freu' mich – und kann mich doch nicht recht g'freun, weil ich jetzt mein' Adolferl verlier'.

Adolf *(wirft die Schrift auf den Tisch und umarmt sie).* Sie haben mich als wahre Mutter geliebt.

Schlucker. Ich etwan nicht als wahrer Vater? Das mit dem Brief gestern, glaub'n Sie mir, Herr von Adolf, das war ein bloßes Mißverständnis; wie hätt' ich sonst die Frechheit gehabt –

Damian. Sei stad, Schwager, das sieht er schon ein, der Herr Graf, nicht wahr? Euer Durchlaucht vergessen auch meinerseits alle Puffer und Schopfbeutler[14] der frühen Jugend?

14 Zerren am Kopfhaar.

Adolf. Ich habe für nichts Gedächtnis als für das Gute, was ihr mir erwiesen, und mein Dank wird ohne Grenzen sein. *(Zum Gerichtsbeamten.)* Doch jetzt bitte ich, führen Sie mich schnell dorthin, wo ich mehr von meinem Vater erfahre, ich brenne vor Ungeduld.
Beamter. Kommen Sie! *(Beide links ab.)*
Damian. O Gott, das ist ein lieber Mensch – der dumme Kerl! –

FÜNFTER AUFTRITT

Vorige ohne Adolf und Beamten.

Schlucker *(sich vor die Stirn schlagend).* Er war immer mein liebstes Kind! – Nein, wenn ich das hätt' ahnen können!
Damian. Wie hätten wir den Menschen behandelt von Kindheit auf!
Sepherl. Seid's ruhig, der laßt euch nichts entgelten.
Schlucker. Der macht uns alle reich und glücklich, glaubst, Schwager? *(Zu Sepherl.)* Geh und erzähl's jetzt den Kindern, *(scherzhaft drohend)* du plauderhaftes Weib! *(Nimmt eilig seinen Hut.)*
Sepherl. Oh, dasmal bin ich stolz darauf, daß ich plauderhaft war. Mir verdankt's ihr – wo gehst denn so g'schwind hin?

Schlucker. Mich druckt's, ich muß die G'schicht' auf 'n Tandelmarkt erzählen. *(Eilt links ab.)*
Sepherl. O du verschwiegener Mann! *(Rechts ab.)*

SECHSTER AUFTRITT

Damian.

Damian *(allein).* Gar kein Zweifel, der Mosje Adolf wird mich brillant soutinieren[15]. Jetzt kann ich's schon größer geben, wenn ich will. Es is jetzt schon eine starke Gnad' von mir, wenn ich Wort halt' und die Salerl heirat'. Nein, anschmieren tu' ich s' nit. Ich bin ihre erste Lieb', und das muß ein Tandler zu schätzen wissen, wenn er was Neu's kriegt. Demungeachtet aber regen sich Gefühle im Busen, mein Blut macht Wallungen gegen den ersten Stock. Wenn ich das Stubenmädel da oben erobern könnt'! Das wäre beim Himmel nicht das Schlechteste, was ich getan. Ich will passen[16] vor 'm Haus, bis ihr Amant[17], der Johann, ausgeht, dann will ich schaun, ob ich der Fanny mein altes Herz für ein neues aufdisputieren kann. *(Links ab.)*

15 (frz.) unterstützen, ernähren.
16 aufpassen.
17 (frz.) Liebhaber.

SIEBENTER AUFTRITT

Johann (allein aus links).

J o h a n n. Der Kerl muß schon ausgegangen sein. *(Gegen das Fenster sehend.)* Aha, da geht er grad fort. Das Mädel unten, die Salerl, ist jung, hübsch, dumm, ich bin galant, sauber, g'scheit. Bei solchen Potenzen hat ein praktisch-amourischer Rechenmeister wie ich das Fazit gleich heraus. Ich geh' jetzt ums Eck, da begegn' ich dem Damian, er glaubt, ich geh' aus, dann wart' ich ein paar Minuten im Tabakgewölb', hernach hol' ich mir zu ebener Erd' eine Prise. *(Links ab.)*

ACHTER AUFTRITT

Salerl (allein mit einem Spinnrad aus rechts).

S a l e r l. Wenn ein Unglück g'schieht, so geht eine Butten los,[18] das is wahr, wenn aber 's Glück anmarschiert, so ruckt's auch gleich bataillonweis ein, das is auch wahr. Die Frau Sepherl hat aber g'sagt, auch im Glück muß man fleißig und arbeitsam sein; das will mir zwar nicht recht einleuchten, indessen, weil sie's g'sagt hat, so setz' ich mich halt her und spinn'. *(Setzt sich rechts und spinnt.)*

18 *(Butten:* Bütte) Redensart: ereignet sich Erwartetes (vgl. Julius Jakob, *Wörterbuch des Wiener Dialekts*, Neuaufl. Wien 1969, S. 44); Sinn etwa: ein Unglück kommt selten allein.

NEUNTER AUFTRITT

Fanny (allein aus dem Saal rechts).

Fanny. Das arme Fräul'n hat so ein gutes Herz; ihren Vater hat ein Unglück getroffen, jetzt will sie ihren Geliebten aufgeben, um dem Vater keinen neuen Verdruß zu machen. Wie soll ich aber dem Mosje Adolf das beibringen, daß aus der Entführung nichts wird?

ZEHNTER AUFTRITT

Vorige; dann Johann.

Vorige; Damian (tritt etwas schüchtern links ein).

Damian. Untertäniger Diener!

Fanny *(erstaunt).* Wie, Herr Damian –? Was bringt Sie herauf?

Damian. Mich? Hm! *(Beiseite.)* Wenn ich jetzt nur recht was Schwärmerisches sagen könnt'! – Hab's schon! *(Laut, indem er sie schmachtend ansieht.)* Wie geht's, wie befinden Sie sich?

Fanny. Ich dank' – passabel.

Damian. Ich hätt' nicht denkt, daß wir heut so ein' schön'n Tag krieg'n.

Fanny. Was fallt Ihnen ein? Es schaut sehr regnerisch aus.

Damian *(verlegen beiseite).* Wenn mir jetzt nur g'schwind noch eine Schwärmerei einfallet!

Johann *(tritt links ein).* Guten Tag, schönes Kind, guten Tag!

Salerl *(erschrocken).* Mosje Johann –?

Johann. Ihnen zu dienen! Immer fleißig!

Salerl. So so!

Damian. Wie haben Sie geschlafen heut?

Fanny. Ich kann wohl sagen: kurz, aber nicht gut.

Johann. Spinnen Sie Liebesfäden, um ein Netz für Herzen draus zu stricken?

Salerl. Was ich spinne, das gehört auf Hemder für die Kinder.

Damian. Hat Ihnen nichts geträumt vom Tandelmarkt und dessen interessanten Gegenständen?

Fanny. Nicht das Geringste.

Salerl. Ich versteh' Ihre Rede nicht.

Johann. Mädeln verstehn alles, was sie verstehen wollen. Es scheint also, daß –

Salerl. Ich manchesmal nicht Deutsch[19] verstehen will.

Damian. Möchten Sie mit keinem Tandler eine Liebeständelei anfangen?

Fanny. Zu was wär' denn das gut? *(Beiseite.)* Ich weiß gar nicht, was er will, der Mensch!

Johann. Ihr Herz ist wie mit einer Mauer umgeben, wirklich stark verpalisadiert[20].

19 im Erstdruck *deutlich* statt *Deutsch*.
20 Palisaden: aus Pfählen bestehende Befestigung.

Salerl. Warum nit gar? Um mein Herz ist keine Mauer, sondern nur ein Mieder, und da ist von keinen starken Palisaden, sondern nur von schwachen Fischbeinern[21] die Red'.

Damian *(für sich)*. Ich muß anders anpacken. *(Laut.)* Wissen Sie, daß Ihr Liebhaber ein schlechter Kerl is?

Fanny. Traurig für mich, aber Ihnen geht das gar nix an.

Johann *(beiseite)*. Ich muß anders zu Werke gehn. *(Laut.)* Wissen Sie, daß Ihr Liebhaber ein dummer Kerl is?

Salerl. Dumm und gut ist besser als g'scheit und schlecht.

Damian *(beiseite)*. Sie is etwas abschnalzerisch.[22]

Johann. Wie meinen Sie das?

Salerl. Ich mein' halt, daß der Damian für mich just recht ist und ich für 'n Damian.

Fanny. Übrigens, was liegt mir an Johann! Es gibt ja noch mehr Männer auf der Welt!

Damian. Das sag' ich halt auch. *(Mit Beziehung auf sich.)* Es ist ja fast in jedem Zimmer einer, mit dem was anz'fangen wär'.

Johann. Gesetzt, es fände sich einer, der den Damian in jeder Hinsicht weit übertrifft.

Salerl. Solche finden sich alle Tag', deßtwegen bleib' ich aber doch beim Damian.

21 Fischgräten als Korsettstangen.
22 Sie fertigt einen mit kurzen Worten ab.

D a m i a n *(für sich)*. Ich muß näherrücken. *(Laut.)* Gesetzt, es käm' ein Zauberprinz und leget Ihnen den ganzen Tandelmarkt zu Füßen?

F a n n y. So ließ' ich das alte G'raffelwerk[23] liegen.

J o h a n n. Gesetzt, ich würde es versuchen, durch einen Strom von süßen Worten das Bild dieses Damians in Ihrem Herzen zu verwischen?

S a l e r l. Es ist mit Ölfarb' g'malen, durch 's Wasser geht's nit aus.

J o h a n n. Vielleicht doch! Ich adoriere dich,[24] du holdes Kind! Kannst du widerstehen? *(Sinkt ihr zu Füßen.)*

D a m i a n *(losplatzend und auf die Knie stürzend)*. Fanny, auf meinen Knien beschwöre ich Sie!

(Zugleich.)

S a l e r l. Jetzt gehen S', lassen S' Ihnen nit auslachen!	F a n n y. Jetzt gehen S', lassen S' Ihnen nit auslachen!

Quartett

S a l e r l.	F a n n y.
Niederknien und solche Sachen,	Nein, was treibt der Mensch für Sachen,
Wie sie die Verliebten machen,	Möcht' verliebt mich gerne machen,
Bringen immer mich zum Lachen,	Und er bringt mich nur zum Lachen,
Rühren durchaus nicht mein Herz.	Statt zu rühren dieses Herz.
J o h a n n.	D a m i a n.
Auf die Knie bin ich gefallen,	Auf die Knie bin ich gefallen,
s' war a Stellung, schön zum Malen,	's war a Stellung, schön zum Malen,

23 altes, abgenütztes Mobiliar und Küchenwerkzeug.
24 (lat.-frz.) bete dich an.

Doch sie lacht zu meinen Qualen,
Spaß macht ihr mein Liebesschmerz.

Jetzt fühl' ich kuriose Qualen,
Blaue Fleck' und Liebesschmerz.

(Alle viere zugleich.)

Salerl.
Wie doch ein Mann fast dem andern gleicht,
Bei jedem Blick ihre Treue entweicht!

Fanny.
Wie doch ein Mann fast dem andern gleicht,
Bei jedem Blick ihre Treue entweicht!

Johann.
Sonderbar! D' Madeln sind sonsten so leicht
Dasig[25] zu machen, ihr Sinn gleich erweicht.

Damian.
Sonderbar! D' Madeln sind sonsten so leicht
Dasig zu machen, ihr Sinn gleich erweicht.

(Allegro.)

Johann.
Du willst mir also widerstreben?

Salerl.
Jetzt gehn S' fort, sonst mach' ich Lärm.

Damian.
Liebst du mich nicht, kann ich nicht leben.

Fanny.
Da ist mir's leid, dann müssen S' sterb'n.

(Zugleich.)

Johann.
Ich kenn' mich fast vor Zorn nicht aus.

Damian.
Ich kenn' mich fast vor Zorn nicht aus.

Salerl.
Gehn S' fort, sonst ruf' ich 's ganze Haus!

Fanny.
Gehn S' fort, sonst ruf' ich 's ganze Haus!

Johann.
Man tröst't sich über so was bald,
Wenn man so vielen Mädeln g'fallt;

25 eingeschüchtert, kleinlaut, nachgiebig, zahm.

'sw ird jede andre mein wie nix,
Das ist das Werk des Augenblicks.

D a m i a n.
Wenn's schon nit ist, so geh' ich halt
Und unterdruck' die Lieb' mit G'walt.
Ich bitt' nur, sag'n S' der Salerl nix,
Denn, glauben S' mir, ich krieget Wichs[26].

(Zugleich.)

S a l e r l.
Entfernen Sie sich, und das bald!
Geben S' acht sonst, wie mein Ruf erschallt!
Ich würd'ge Sie nicht eines Blicks,
Damit Sie sehn, mit mir ist's nix.

F a n n y.
Entfernen Sie sich, und das bald!
Geben S' acht sonst, wie mein Ruf erschallt!
Ich würd'ge Sie nicht eines Blicks,
Damit Sie sehn, mit mir ist's nix.

(Alle viere zugleich.)

S a l e r l.
Adieu, Mosje Johann,
Jetzt leb'n Sie recht wohl,
Sei'n S' ein andersmal g'scheiter
Und nicht mehr so toll.

J o h a n n.
Adieu, Mamsell Salerl,
Jetzt leb'n Sie recht wohl,
Der spiel' ich ein' Streich,
Daß s' an mich denken soll!
(Salerl rechts, Johann links ab.)

F a n n y.
Adieu, Mosje Damian,
Jetzt leb'n Sie recht wohl,
Sei'n S' ein andersmal g'scheiter
Und nicht mehr so toll.

D a m i a n.
Adieu, Mamsell Fanny,
Jetzt leb'n Sie recht wohl,
Verraten S' nur nix,
Denn d' Salerl wurd' toll!
(Fanny rechts, Damian links ab.)

26 Schläge.

ELFTER AUFTRITT

Bonbon (allein aus rechts).

Bonbon. Man hält mich fest! Verfluchter Streich! – Mein Bruder wird wohl einige Fonds[27] salviert[28] haben. Wenn ich nur abreisen könnte! Aber wie? Die Wache läßt mich nicht einmal in meine Wohnung, ich darf nicht die Treppe hinab. Ich hätte wohl einen Plan, wenn's nur gelingt! Johann muß meine Kleider hinunterschaffen und ich muß verkleidet den Wächtern vor der Tür echappieren[29]. *(Ruft.)* Heda, Johann! Der muß Rat schaffen. *(Geht gegen die Türe links).*

ZWÖLFTER AUFTRITT

Voriger; Johann (aus links).

Johann. Euer Gnaden –

Bonbon. Komm' Er mit nach meinem Zimmer, ich hab' Ihm etwas mitzuteilen. *(Rechts ab.)*

Johann. Aha, dem soll ich helfen verschwinden. Na, er hat hübsche Ring'; wenn er einen hergibt, kann man ja ein gutes Werk tun. *(Ab.)*

27 Geldvorräte, Kapital.
28 gerettet, in Sicherheit gebracht.
29 entkommen.

DREIZEHNTER AUFTRITT

Damian (allein).

Damian *(aus links).* Wie ich fünf Minuten länger oben bleib', so erwischt mich der Johann, ich hab'n begegnet auf der Stiegen. – Jetzt hab' ich halt wirklich wollen meiner Salerl untreu wer'n. Pfui Teufel, das is recht abscheulich von mir! Wenn die anderen Männer nicht besser sein als ich, so sein wir alle nix nutz. Nein, ich muß sagen, das hätt' ich nicht gedacht von mir, jetzt bin ich so ein falscher Kerl, man sollt' glaub'n, so was sieht mir gar nit gleich. Fidonc![30] Unbesonnen, leichtsinnig, malhonett[31], barbarisch hab' ich da gehandelt; es ist wirklich recht grauslich, das! *(Geht tiefsinnig rechts ab.)*

VIERZEHNTER AUFTRITT

Zins (allein).

Zins *(aus links).* Wenn ich's recht überdenk', so is es eigentlich etwas schlecht von mir, daß ich den armen Menschen fortschummel; aber die Lieb' – die Lieb'! Ich kann nicht anders, er is und bleibt Opfer der Politik; ich kann ihm's nicht schenken, so wenig als ich's dem Herrn von Goldfuchs da oben vergessen kann, wie

30 (frz.) pfui!
31 (frz.) unehrenhaft.

er mich gestern behandelt hat. Dem schad't's gar nix, daß einmal 's Unglück über ihn kommen is. Jetzt wird die Fräulein Tochter auch nicht mehr so spröd sein! Wie die nach mir schnappen wird! *(Sieht auf dem Tische die von Adolf vergessene Schrift liegen.)* Was is denn das für eine Schrift? Auf d' Letzt' hat das Volk da wer verklagt. *(Öffnet und liest.)* Aha! Das betrifft den Mosje Adolf. *(Liest stille.)* Wie –? Was –? *(Gerät in immer heftigere Bewegung).* Das kann ja nicht sein! – Ja, ja! – Der Namen? – Richtig, der Christoph! – Nein, is es denn möglich? *(Wendet sich nach der Türe links.)* Es kommt wer! *(Steckt die Schrift schnell ein.)*

FÜNFZEHNTER AUFTRITT

Voriger, Schlucker, Grob, Trumpf (aus links), dann Damian (aus rechts).

Schlucker *(zu Zins).* Ich hab' Ihnen schon g'sehn hereingehen ins Haus, 's beste is aber, Sie machen, daß S' gleich wieder weiterkommen!

Zins. Was?

Schlucker. Haben Sie glaubt, ich werd' wegen Ihrem Lumpengeld meinen geliebten Ziehsohn fortschicken? Da hat's Zeit!

Damian *(zu Zins).* Aha! Da is er ja, der Seelenverkäufer, der uns den Adolf hat abhandeln wollen! Was tun wir ihm denn?

Zins. Habt's ihr nicht selber eing'willigt?

Damian. Könnt' uns nit einfallen. Der Ziehsohn ist uns gar nicht feil; wenn wir zehn solche Ziehsöhn' hätten, wir gäbeten kein' her.

Schlucker *(zu Zins)*. Da kommt uns der Herr grad z'recht!

Damian. So eine freche Zumutung, das is ja 's Prügelns wert! *(Zu Grob und Trumpf.)* Tandler, packt's an!

(Grob und Trumpf machen Miene, Zins zu packen.)

Zins *(ausbeugend[32])*. Na, seid's so gut! *(Zu Schlucker und Damian.)* Wie könnt's denn so dumm sein, mir war's ja mit dem Handel gar nit ernst, ich hab' euch ja nur auf die Prob' stell'n woll'n.

Schlucker. So?

Damian. Das war nix als a Prob'? Jetzt schaun S', jetzt hätten S' bald Schläg' kriegt aus lauter Prob'.

Zins *(beiseite)*. Mir fallt was ein – so kann ich den Goldfuchs am ärgsten demütigen. *(Zu Schlucker.)* Ich bin ja der beste Freund mit Eurem Adolf.

Schlucker *und* Damian *(verwundert)*. Hören S' auf?!

Zins. Er hat das Quartier g'nommen im ersten Stock, ihr zieht's alle mit ihm.

32 ausweichend.

Schlucker. Was? In das Prachtquartier kommen wir!? Juheh!
Damian. Nein, so ein Ziehsohn, das is wirklich a Freud'!
Zins. Jetzt macht's nur, er hat g'sagt, ihr sollt längstens in einer halben Stunde alle in der neuen Wohnung sein. Adieu! *(Links ab.)*
Schlucker. Weib! Weib! In den ersten Stock ziehn wir! Der oben logiert, ist z'grund'gangen, Weib, fall in Ohnmacht vor Freuden! In den ersten Stock! *(Jubelnd rechts ab.)*

SECHZEHNTER AUFTRITT

Damian, Grob, Trumpf.

Trumpf. Na, wir gratulieren!
Grob. Jetzt werd't's halt schön stolz werden, das kann man sich denken.
Damian. Nein, Brüderln, stolz nit, aber ungeheuer leidenschaftlich werd' ich, seit ich a Geld g'spür'.
Grob. Was hat denn der Damian für Leidenschaften?
Damian. Zwei Stuck: Liebe und Rache!
Grob. An wem will sich denn der Damian rächen?
Damian. An einem französischen Stutzer, der gestern meiner Salerl nach'gangen is. Bonbon heißt er; der muß Schläg' kriegen.

T r u m p f. Den tu' uns der Damian nur zeigen, nachher diskurrieren[33] wir mit ihm.

G r o b. Die Sprach' wird er verstehen, und wenn er kein Wort Deutsch kann.

D a m i a n *(zu Grob)*. So ist's recht! Jetzt helft's mir aber ein wenig z'samm'packen. Übrigens, was ihr wegen Stolzwerden g'sagt habt, da habt ihr nix zu befürchten, denn ich werde mich im Glück stets so benehmen, daß mir's jeder ansehen wird, daß ich ein gemeiner[34] Kerl war.

(Alle drei rechts ab.)

SIEBZEHNTER AUFTRITT

Johann (allein, aus rechts kommend, hat Hut, Rock und Haartour[35] Bonbons in der Hand und ist in Hemdärmeln; er spricht in das Zimmer zurück).

J o h a n n. Warten Euer Gnaden nur eine kleine Weil', bis ich Ihre Kleider hinuntergetragen hab' zum Herrn Schlukker ins Quartier; ich sag' ihm nur ein paar Wort', daß Sie sich bei ihm unten wieder umkleiden können. In fünf Minuten gehn Sie also ganz keck über d' Stiegen hinunter; in der Verkleidung kennt Ihnen die Wacht nicht.

33 (lat.) sich unterhalten.
34 Wortspiel mit *gemein* (zu den einfachen, rechtschaffenen Leuten gehörend und in der pejorativen Bedeutung).
35 Haarteil, Perücke.

Bonbon *(von innen).* Gut, gut! Mach' Er nur schnell!

Johann. Verlassen sich Euer Gnaden auf mich! *(Links ab.)*

ACHTZEHNTER AUFTRITT

Friedrich, Anton, zwei Bediente (eilig aus dem Tanzsaal).

Friedrich. Mir war's, als wenn ich den Johann g'hört hätt'!

Anton *und* die Bedienten. Mir auch.

Friedrich. Er wird schon wiederkommen, er entgeht uns nicht.

Anton. Zehn Gulden zahlt uns der Herr von Zins einem jeden, wenn wir ihn ordentlich durchkarbatschen.

Friedrich. Das Honorar wollen wir verdienen.

Anton. Warum hat der Kerl einen Hausherrn beleidigt?

Friedrich. Er ist ein schlechter Kamerad; auch für das schon muß er ein' Merks[36] kriegen.

Anton. Jetzt räumen wir geschwind im Kredenzzimmer alles zusammen, nachher passen wir ihn im Saal ab.

Friedrich. Er läuft uns schon noch in die Hände.
(Alle ab in den Tanzsaal.)

36 veraltet für Merkzeichen im Sinne von Denkzettel, hier mit umgangssprachlicher Endung.

NEUNZEHNTER AUFTRITT

Johann (allein).

J o h a n n. He! Herr Schlukker! – Ist da niemand zu Haus? – Hm! Fatal! – Doch halt, den Moment muß ich zu was anderem benützen. Der spröden Jungfer Salerl will ich einen Streich spielen. Der Damian ist eifersüchtig, ich zieh' jetzt den Rock an *(kleidet sich schnell in Bonbons Rock)*, setz' die Tour und den Hut auf *(tut es)* und schau' beim Fenster hinaus – die Nachbarschaft sieht, daß ein Chevalier bei der Salerl ist, erzählt das bei Gelegenheit dem Damian, dem Damian rutscht in der Eifersucht was aus. – Wart, Jungfer Salerl, dir brock' ich eine Suppen ein. *(Sieht auffallend zum Fenster hinaus.)*

ZWANZIGSTER AUFTRITT

Voriger; dann Damian, Grob, Trumpf.

D a m i a n *(öffnet zufällig die Türe rechts).* Ich muß nur – *(Bemerkt Johann und hält ihn für Bonbon.)* O je! *(Winkt in die Türe, Grob und Trumpf kommen leise.)* Das ist der Bonbon!

G r o b *und* T r u m p f. Gut! *(Stürzen mit Damian auf Johann los.)* Wart, du verdammter Bonbon! *(Sie prügeln ihn unter Lärm und Geschrei links hinaus.)*

EINUNDZWANZIGSTER AUFTRITT

Bonbon *(aus rechts, hat Johanns Livree an und einen runden Tressenhut*[37] *auf), dann Friedrich, Anton, zwei Bediente.*

Bonbon. Johann wird unten schon in Ordnung sein, jetzt will ich daran. *(Geht vorsichtig gegen die Türe links.)*
Friedrich *(stürzt mit Anton und den zwei Bedienten aus dem Saale rechts).* Haben wir dich, du schlechter Kamerad?
(Fallen über Bonbon, den sie für Johann halten, her und bläuen ihn, indem sie lärmend durcheinander schreien.)
Bediente. Wart, Johann, da hast dein' Tee!
(Der Tumult zieht sich schnell nach dem Tanzsaal zurück, so daß alle bald von der geschlossenen Flügeltüre gedeckt sind.)

ZWEIUNDZWANZIGSTER AUFTRITT

Salerl, dann Damian, Grob, Trumpf.

Salerl *(aus rechts).* Was ist denn geschehn? Was war denn da für ein Lärm?
Damian *(zurückkommend).* Der hat sein Teil.
Grob, Trumpf. Ja, wir können's! *(Rechts ab.)*

37 *Tressen:* Besatz, Borten auf Livree oder Uniform.

Damian. Die Rache ist vollbracht. Salerl, ich habe dich gerochen! Jetzt komm, ich kauf' dir a G'wand, dann lad' ich alle meine Herrn Kollegen ein. Das soll heut eine Tandler-Réunion[38] werden, wie noch keine war, solang d' Welt steht.
(Beide links ab.)

DREIUNDZWANZIGSTER AUFTRITT

Goldfuchs, dann Friedrich, Anton, Bediente, Bonbon.

Goldfuchs *(aus links nach Hause kommend, hört Lärm im Saale)*. Was ist das für ein Spektakel?
Friedrich *(bringt mit den übrigen Bonbon gewaltsam aus dem Tanzsaal)*. Der Johann kriegt Schläg', Euer Gnaden.
Goldfuchs. Der Schlingel verdient's, nur zu!
Bediente. Nur zu! *(Wollen neuerdings über ihn herfallen.)*

VIERUNDZWANZIGSTER AUFTRITT

Vorige; Zins, zwei Wächter (von links).

Zins. Was Teufel geht da vor?
Friedrich *(und die andern Bedienten lassen Bonbon los)*. Herr von Zins, wir

38 (frz.) Vereinigung.

haben unser Trinkgeld verdient.

Goldfuchs *(erkennt Bonbon in der Livree).* Was seh' ich? Bonbon –?

Bonbon *(ganz verstört).* Es herrschte hier ein Irrtum in der Person. Die Schlingels wollten den Johann – die verdammte Livree! –

FÜNFUNDZWANZIGSTER AUFTRITT

Vorige; Johann (echauffiert aus links).

Johann. Der verdammte Rock!

Die Bedienten *(verblüfft, als sie Johann erblikken).* Da is er!

Friedrich. Wir haben einen Unrechten erwischt.

Zins *(zu den Bedienten).* Ihr seid's ja –

Johann *(zu Bonbon).* Wissen Euer Gnaden, daß ich in Ihrem Rock Schläg' kriegt hab' statt Ihnen?

Bonbon *(zu Johann).* Weiß Er, daß ich in Seinem Rock statt Ihm geprügelt worden bin?

Johann. Nicht möglich! *(Sieht die Bedienten.)* Aha! *(Zu Bonbon.)* Euer Gnaden haben also meine Schläg' kriegt und ich die Ihrigen; jetzt fragt sich's nur, welche besser waren.

Bonbon. Gib Er her! *(Zieht die Livree aus.)*

Goldfuchs. Ich begreife nicht –

Zins. Herr von Goldfuchs, Sie können keinen Zins zahlen.

Johann *(indem er den Rock zurückgeben will, fühlt er etwas in der Tasche desselben; für sich).* Da is ja was Schweres.

Goldfuchs *(zu Zins).* Wer sagt das?

Zins. Ich sag's.

Johann *(seitwärts, für sich).* Ein Geldbeutel? Der verspielt sich zu mir herüber. *(Gibt Bonbon den Rock und steckt den herausgenommenen Beutel schnell in die Tasche seiner Livree, welche ihm Bonbon in diesem Augenblicke zurückgibt.)*

Zins *(zu Goldfuchs).* Ihre achtzigtausend Gulden, auf die Sie noch bauen, sind weg, das Haus hat heut falliert[39].

Goldfuchs *(wie niedergedonnert).* Entsetzlich –!! Ist es wirklich so?

Zins. Ja, leider! Ich hab' selber ein paar tausend Gulden dabei verloren.

Goldfuchs *(vernichtet und mit gebrochener Stimme).* Nun erst bin ich ganz ruiniert. *(Hält sich an einen Stuhl.)*

Johann *(barsch zu Goldfuchs).* So? Was is denn hernach mit die sechstausend Gulden von meinem Vetter? *(Bei-*

39 Bankrott gemacht.

seite.) Verfluchte G'schicht'! *(Geht seitwärts unruhig auf und nieder.)*

Zins *(zu Bonbon).* Ihnen, Chevalier, kann ich bessere Nachrichten bringen. Ein Bekannter von mir, ein Freund Ihres Bruders, ist für Ihre hiesigen Schulden gutgestanden. Sie sind frei, die Wach' ist schon abg'schafft.

Bonbon. O scharmant! Ich kann also abreisen. Zum Glück habe ich noch Reisegeld, zweihundert Louisdor, in meiner Börse.

Ein Wächter. Wir warten nur auf eine kleine Diskretion[40].

Bonbon. Gleich, gleich! *(Sucht in den Taschen.)*

Johann *(boshaft zu Goldfuchs).* Ich pfänd' Ihnen.

Zins. Oho, ich bin der Hausherr, ich bin der erste, der pfänd't!

Johann. Gut, so wird er eingesperrt. Heda, Wachter!

Bonbon *(erschrocken).* Meine Börse ist weg – zweihundert Louisdor!

Alle. Was?

Bonbon. Johann hat meinen Rock angehabt, – niemand hat sie gestohlen als er.

Johann. Was? Ich?

Die Bedienten *(packen Johann).* Nur visitiert[41]! Halt! Da is s' schon.

40 hier: Belohnung, Trinkgeld.
41 untersucht.

(Sie ziehen ihm die Börse aus der Tasche, und Friedrich gibt sie an Bonbon.)

Johann. Verdammt –!

Die Bedienten. Jetzt wird *der* eing'sperrt! – Heda, Wachter!

Beide Wächter *(Johann am Arme fassend).* Nur fort, da nutzt nix!

Johann. Aber ich –

Die Wächter. Marsch!

Die Bedienten. Das is g'scheit! Hahaha!

(Johann wird mit Gewalt von den Wächtern fortgeführt, die Bedienten und Bonbon folgen.)

SECHSUNDZWANZIGSTER AUFTRITT

Goldfuchs, Zins, Emilie.

Emilie *(aus rechts).* Vater! Lieber Vater!

Goldfuchs. Du wagst es noch, mir unter die Augen zu treten, Entartete?

Emilie. Was man Ihnen auch über mich gesagt haben mag, es ist vorbei, mein ganzes Leben will ich nun allein Ihrem Troste weihen.

Goldfuchs. Für mich gibt's keinen Trost mehr!

Zins. Reden wir jetzt von etwas anderm. Die schöne herrschaftliche Wohnung da ist schon vergeben; die Möbeln pfänd' ich, und Sie müssen gleich hinaus.

Emilie. Wie, Unmensch, Sie

weisen meinen Vater auf die Straße?
Z i n s *(lächelnd).* Er hat ja Freunde.
G o l d f u c h s. Im Unglück keinen wie jedermann.
Z i n s. Wenn Sie wollen, das Quartier grad da unten z' ebner Erd' wird gleich leer werden, auf ein paar Tag' können Sie's haben.
G o l d f u c h s *(Emilien mit einem strafenden Blick betrachtend).* Bist du's zufrieden, da unten?
(Emilie schlägt die Augen nieder.)

SIEBENUNDZWANZIGSTER AUFTRITT

Schlucker, Sepherl, die Kinder, Grob, Trumpf (kommen mit allerlei Habseligkeiten, die Kinder mit schlechten, halbzerbrochenen Spielereien bepackt, nacheinander aus rechts).

Vorige.

S c h l u c k e r. Nur g'schwind, nur g'schwind! Ich kann's nicht erwarten, bis ich in ersten Stock hinaufkomm'.
S e p h e r l. Hat keins was vergessen?
S e p p e l *(ein zerbrochenes hölzernes Pferd tragend).* Nein, das Notwendigste haben wir schon.
S c h l u c k e r. Kommt's her, was in dem alten Kasten drin ist, werfen wir in die Butten und nehmen's a mit.

Goldfuchs *(zu Zins)*. Ich nehme Ihr Anerbieten an.

Zins. Aber nur geschwind, ich glaub', die neue Partei kommt schon.

Goldfuchs *(sein schmerzliches Gefühl gewaltsam unterdrückend)*. Komm, Tochter! *(Will links ab, bleibt aber einen Augenblick stehen.)* Ich möchte niemanden begegnen.

Emilie. Gehen wir die Hintertreppe hinab!

Die Kinder *(jubelnd)*. Das ist a Ausziehzeit! Juchhe! *(Alle links ab.)*

ACHTUNDZWANZIGSTER AUFTRITT

Zins (allein).

Zins *(den Abgegangenen nachblickend)*. Das is eine Ausziehzeit! – Das hätt' der sich nicht gedacht, wie er eingezogen ist.

NEUNUNDZWANZIGSTER AUFTRITT

Goldfuchs, Emilie.

Schlucker, Sepherl, die Kinder, Grob, Trumpf (aus links).

Sepherl. Da wär'n wir!

Schlucker. Mit Sack und Pack. *(Schlucker wirft den großen Bündel, den er trägt, auf den Boden.)*

Zins. Na, wie g'fallt's euch da?

Sepherl *und* Schlucker. Oh, einzig, einzig!

(Alle übrigen werfen Bettge-

wand usw., was sie tragen, mitten ins Zimmer auf einen Haufen.)

Zins. Schaut's nur erst die andern Zimmer alle an, da werd't's Augen machen! Adieu derweil! *(Seite links ab.)*

Schlucker. Gehorsamster Diener! Weib, das Gefühl laßt sich nicht beschreiben! Mein Appartement wird da sein, deins im linken Flügel.

Sepherl. Warum nit gar!

Schlucker *(aufgeblasen).* Na, nehmen wir halt unser ganzes Palais in Augenschein! *(Mit Sepherl rechts ab.)*

Die Kinder. Das g'hört alles uns!

(Folgen stolz nach, zuletzt Grob und Trumpf.)

(Goldfuchs und Emilie treten von links ein und sehen sich traurig im Zimmer um.)

Goldfuchs. Also so weit mußt' es mit mir kommen! *(Verhüllt sich mit beiden Händen das Gesicht.)*

Emilie. Fassen Sie sich, lieber Vater, hoffen Sie!

Goldfuchs. Damit ist's vorbei!

DREISSIGSTER AUFTRITT

Die Vorigen; Fanny (aus links).

Fanny. Ach, Fräulein Emilie, was hab' ich gehört?

Emilie. Wir sind arm. Du mußt mich verlassen, und nichts als meinen Dank kann ich dir zum Abschied geben.

Fanny. Nein, ich bleib' bei Ihnen, mag geschehen, was will.

EINUNDDREISSIGSTER AUFTRITT

Die Vorigen; Adolf, dann Zins.

Adolf *(rasch aus links).* Wo ist –? *(Erblickt die Anwesenden und bleibt betroffen stehen.)* Was seh' ich?
Goldfuchs *(ihn scharf messend).* Einen ruinierten Mann, nach dessen gestern noch reicher Tochter Sie eigennützig Ihre Liebesnetze ausgeworfen.
Adolf. Sie tun mir Unrecht. Meine Liebe zu Emilien ist wahr und rein.
(Zins tritt in diesem Augenblicke aus links ein und bleibt, von den Anwesenden ungesehen, im Hintergrunde stehen.)
Adolf *(fährt, ohne sich zu unterbrechen, fort).* Wohl mir, daß ich so leicht Sie davon überzeugen kann. Ich habe eben von Ihrem Unglück gehört, doch wissen Sie, weit mehr, als Ihnen des Glückes Laune nehmen konnte, hat sie mir gegeben. Mein Vater lebt in Indien, heute empfing ich die Kunde, ich bin der Erbe eines ungemessenen Reichtums. – Emilie liebte mich, als *ich* arm war, jetzt ist *sie* arm, nun leg' ich alles, was ich habe, freudig zu ihren Füßen. – Darf ich sie die Meine nennen?
Goldfuchs *(im größten*

Staunen, will antworten, erblickt Zins und wendet sich unwillig zu diesem). Was suchen Sie hier?
Zins *(auf Adolf zeigend). Den* such' ich.
Adolf *(zu ihm).* Mit Ihnen hab' ich nichts zu schaffen.
Zins. Aber ich mit dir, weil ich dein Herr Onkel bin. Hast du denn die Schrift nicht gelesen, die ich da gefunden hab'? *(Zieht die Schrift hervor).* Christoph Zins heißt dein Vater! Er lebt! Mein Bruder! Mein Christoph! Du bist sein Sohn! Komm her zu mir!
Adolf *(freudig überrascht in die Schrift sehend).* Wär's möglich?
Zins. Freilich is es so, sonst tät' ich dich nicht umarmen, du Nebenbuhler, du! Geh her! *(Umarmt ihn.)*
Goldfuchs. Ich staune –
Zins. Ich hab' wohl selbst *(zu Emilien)* heiratslustige Absichten g'habt. Na, das ist jetzt alles anders; ich bleib' ledig und du, Bursch, wirst mein Universalerbe. *(Zu Goldfuchs.)* Nun, was glauben S' jetzt? Was tun wir mit die zwei Leuteln?

ZWEIUNDDREISSIGSTER AUFTRITT

Die Vorigen.

Damian, Salerl, acht Musikanten (aus links. Damian und Salerl sind mit Überladung aufgeputzt). Schlucker, Sepherl, Grob, Trumpf und die Kinder (kommen aus rechts).

Damian. Musikanten, da stellt's euch alle her!
(Die Musikanten stellen sich hinten im Tanzsaal auf.)

Salerl *(sich wohlgefällig betrachtend).* Nein, wie ich schön bin, das ist einzig!

Goldfuchs *(zu Adolf und Emilien, deren Hände er zusammenlegt).* Nehmt meinen besten Segen! – Mein Beispiel gebe warnend euch die Lehre: Fortunas Gunst ist wandelbar.
(Adolf und Emilie reichen sich kniend die Hände, Goldfuchs und Zins heben die ihrigen segnend über sie, Fanny betrachtet in freudiger Rührung die Gruppe.)

Damian *(ans Publikum).* Ich wünsch' mir nichts, auf Tandler-Ehre, als Ihre Gunst durchs ganze Jahr!

Alle. Vivat!

Chor.

Lasset uns jubeln, es heirat't ein Paar,
Wir gratulieren, und was wir wünschen, wird wahr,
's Glück treibt's auf Erden gar bunt,
s' Glück bleibt halt stets kugelrund.

(Allgemeiner Jubel.)

Der Vorhang fällt.[42]

42 Im Zusammenhang mit den verschiedenen Varianten des Stücks (vgl. auch 1. Aufz., Anm. 52) ist eine andere Fassung des Schlusses zu sehen: Der Diener Johann kehrt reuig zurück und wird »des festlichen Tages wegen« wieder in Gnaden aufgenommen und bekommt Fanny. Damian, Salerl, Schlucker und die Tandler kehren in die Wohnung zu ebener Erde zurück; die Bewohner des ersten Stocks (Goldfuchs usw.) ziehen wieder hinauf. Nachdem so die soziale

Ordnung wiederhergestellt ist, wird oben und unten der Tisch gedeckt, und alle singen im Chor (vgl. *Sämtliche Werke*, Bd. 8, S. 149):

Lasset uns jubeln, es heirat't ein Paar,
Wir gratulieren, was wir wünschen, wird wahr;
's Glück treibt's auf Erden gar bunt,
's Glück bleibt halt stets kugelrund.

Es lebe hoch das edle Paar,
Wir bringen unsere Wünsche dar,
Es schallet Jubel von Mund zu Mund,
Es krönt das Glück der Liebe Bund.

NACHWORT

> Das Geld ist der Punkt, den Archimedes suchte, um die Welt zu bewegen.
> *Johann Nestroy*

Die zeitgenössische Kritik und auch spätere Kritiker sahen in dem Stück mit dem noch barock nachklingenden Doppeltitel *Zu ebener Erde und erster Stock oder Die Launen des Glückes* (1835) den Beginn einer neuen, der »Volksstück«-Phase im Werk Nestroys, die zugleich das Ende des Zauberspiels bedeutete. Schon in *Der böse Geist Lumpazivagabundus oder Das liederliche Kleeblatt* (1833) herrscht kein Glaube mehr an die Zauberkraft des Überirdischen, in *Das Verlobungsfest im Feenreiche oder Gleichheit der Jahre* (1834) tilgt Nestroy den Zauberrahmen, und in *Die beiden Nachtwandler oder Das Notwendige und das Überflüssige* (1836) wird der Zauberapparat als Trick entlarvt. *Zu ebener Erde und erster Stock* steht mitten in dieser Entwicklung; das Glücksmotiv erinnert – allerdings ohne »Fügungen von oben« – noch an den Zauber Fortunas im *Lumpazivagabundus*, die Darstellung des Gegensatzes zwischen arm und reich weist schon auf die folgenden Stücke voraus.

Die Zwischenstellung im Werk Nestroys, die Thematisierung des sozialen Gegensatzes bei gleichzeitiger Betonung des Fiktiven und Spielhaften, hat die Interpreten zu unterschiedlichen Deutungen des Stücks angeregt. Einige erkennen nur das komische Spiel im Kontrast, die soziale Frage werde nicht gestellt; andere sehen in ihm das soziale Märchen vom Reichwerden der Armen, einen »wienerischen Sommernachtstraum« (Alfred Polgar). Auch gibt es Stimmen, die entweder das Geschehen als zufällige, im barocken Fortuna-Begriff gründende Umkehrung und Relativierung der sozialen Unterschiede deuten – dies freilich zur Zeit der Entstehung des sozialen Dramas – oder die sozialkritische Dimension und politische Bedeutung hervorheben. Otto Basil spricht in Anlehnung an ein zeitgenössisches Urteil Emil Kuhs von der »politischen Allegorik« der Posse; mit den »verluderten Herrenleuten« des ersten Stocks habe Nestroy »das verrottete System und seine Nutznießer gemeint«. Die Vielfalt der Meinungen spiegelt zugleich ein grundsätzliches Problem der Nestroy-Interpretation wider: War Nestroy der realistische und satirische Schilderer seiner Zeit, spielt jedes Possenmotiv auf eine soziale Tatsache an, oder ist seine Komik zeitlos und daher auf heute übertragbar? Stellt sie sich erst nachträglich als gesellschaftskritische Satire heraus? – Wie stark wirkt bei ihm die Tradition des Barock nach, wie fest ist er im Wiener Volkstheater verwurzelt, was ist das Neue an seinen Stücken? – Die einen sehen in Nestroy den harmlos-idyllischen biedermeierlichen Singspielautor, die anderen stellen ihn als bitterbösen Sozialkritiker heraus. Auf manche Fragen kann vielleicht eine kurze Analyse des vorliegenden Stückes Antworten geben.

Nestroy wählt die Form der durchgängigen simultanen Verzahnung der Handlungsteile, die in anderen seiner Stücke auch in Einzelszenen zu finden und zur Perfektion in *Das Haus der Temperamente* (1837) ausgebildet ist, wo horizontale und vertikale Achsen eine Vierteilung der Bühne ermöglichen. Die Simultanbühne, die Gestaltung gleichzeitigen Geschehens in getrennten Handlungsräumen vermag neben der Erhöhung des Schauspiel-Charakters zugleich dem nur Fiktiven ein gewisses Maß an Realität zu verleihen. Oben und unten werden zum Sinnbild einer Spielwelt, in der es nur Arme und Reiche oder Emporgekommene und Heruntergekommene gibt. Die horizontale Teilung der Bühne bildet im Thematischen wie Dramaturgischen eine Struktur, die für das Geschehen des Stücks bestimmend ist und in der die Gegensätze zunächst und primär keine sozialen sind, sondern theatralische Motive, die spielerisch-dramatisch entfaltet werden, wobei sich durchaus – in Text und Spielweise intendierte – satirisch-gesellschaftskritische Momente ergeben können. Das zwischen oben und unten zur Entfaltung kommende Spiel der Gleichzeitigkeit, Aufeinanderbezogenheit und Verzahnung der komisch-dramatischen Handlungslinien wird zur Darstellung eines »Querschnitts des Lebens«. Über den Kontrast als Spielmöglichkeit hinaus rückt der soziale Kontrast selbst in den Vordergrund der Darstellung; seine Beurteilung freilich – und damit die gesellschaftskritische Dimension – wird weitgehend dem Zuschauer überlassen, der die füreinander »offenen« Handlungslinien als verschiedene Perspektiven auf ein und dieselbe Wirklichkeit beziehen muß. Das Simultangeschehen ist publikumsbezogenes Spiel, dessen kritische und satirische Implikationen meist erst durch die Betrachtung des Zuschauers entfaltet werden. Der Text hat Partiturcharakter, seine Strukturelemente – die sprachlichen, mimischen, szenisch-theatralischen und musikalischen – kommen erst durch die Spielweise und vor allem durch eine adäquate Einstellung und Sehweise des Publikums zur vollen Wirksamkeit. Darauf hin sind Dramaturgie und Thematik des Stücks angelegt.

Schon die Figuren-Konstellation macht deutlich, wie sich die Handlung entfalten wird, wo der von vornherein angelegte Kontrast zum spielbewegenden Element wird. Oben und unten stehen sich jeweils neun Personen gegenüber; weitere Figuren – vor allem Zins und Bonbon – stehen dazwischen. Spieltragende Figuren zu ebener Erde sind Damian und Salerl, im ersten Stock der Diener Johann (Nestroys Rolle). Mögliche Verbindungen zwischen oben und unten ergeben sich aus den Motiven Geld und Liebe, die – außer bei dem idealistischen Liebespaar Emilie und Adolf – geradezu austauschbar sind. Die menschlichen Beziehungen, auch die erotischen, werden zur Ware, und die Macht der Liebe hängt von der des Geldes ab. »Die Launen des Glückes« erstrecken sich, wie der Schluß noch einmal deutlich zeigt, auf Geld und Liebe; schon der Untertitel bestätigt mit ironischem Augenzwinkern die Kommerzialisierung des Lebens, die als Fügung des Schicksals ausgegeben wird. Fortuna-Motiv und soziale Thematik sind in einer Weise ineinanderverschränkt, die eine einseitige Betrachtung des barocken Erbes einerseits oder der Gesellschaftskritik andererseits verbietet. Figuren- und Handlungsaufbau, sprachliches Geschehen, Musik und Lieder sowie die Gesamtheit der schaubaren Elemente (Bühnenbild, Kostüm, Requisiten) bilden eine Synthese zwischen Komödienspiel und satirischem Kommentar. Die spielhaften Elemente – meist Variationen der im Sprachlichen wie Theatralischen wirkenden Grundstrukturen des Kontrastes oder der Parallele (z. B. in Figuren, Bühnenbild, Requisiten, Aktschlüssen, Liedern, Dialogverzahnungen usw.) – und die immer wiederkehrenden Anspielungen auf die »Launen des Glückes« lassen die soziale Thematik in komischer Brechung erscheinen. Ansätze zur Zeit-, Gesellschafts- und Ideologiekritik werden in Formen des Unterhaltungstheaters dargeboten. Der Zuschauer kann über die ohne Sentimentalität dargestellte Leichtigkeit der Umkehrung sozialer Verhältnisse lachen, seinen Spaß an Spielwitz und Situationskomik haben, er kann aber auch einen tieferen Sinn in dem Modell der Welt entdecken, wenn er auf die kritischen Randbemerkungen (z. B. Damians oder Johanns) achtet.

Die Aktschlüsse und die musikalischen Einlagen (Chor, Lied, Quartett) verdeutlichen und akzentuieren im Zusammenspiel der sprachlichen und mimischen Elemente Grundmotive des Stücks. Der erste Akt schließt mit einem starken Kontrastbild: Während im ersten Stock die Sektkorken knallen und der Chor der Gäste »unter lautem Jubel und Vivatgeschrei« die Gläser leert, sitzt

man Parterre »in trauriger Stellung« bei Wasser und Brot. Betend und demütig fügt man sich in das unabänderliche Schicksal. – Das Ende des zweiten Aktes zeigt die Umkehrung und den Glückswechsel; nun steht unten eine »allgemeine Gruppe der Freude« der »Gruppe des Schreckens« oben gegenüber. – Der letzte Akt schließt – mit einer Adresse an das Publikum – relativierend, warnend und belehrend (»Fortunas Gunst ist wandelbar«), aber auch im Happy-End mit einer für alle geltenden Hoffnung (»was wir wünschen, wird wahr«). Unter »allgemeinem Jubel« fällt der Vorhang, und alles bleibt beim alten. In einer verlorengegangenen Fassung wird am Schluß sogar der Diener Johann wieder aufgenommen und bekommt Fanny, überdies stellen die Parteien durch erneuten Umzug die soziale Ordnung, wie sie zu Beginn des Stücks herrschte, wieder her (vgl. 3. Aufz., Anm. 42).
Die musikalischen Einlagen führen die Struktur des Kontrastes weiter, der zugleich spielerisches Element und Ansatzpunkt zu satirischer Kritik ist. Nestroy standen an Formen musikalischer Einlagen von der Tradition des Singspiels und der Volkskomödie zur Verfügung: der Chor als Introduktion oder Abschluß der Akte (er stimmt das Publikum ein, ist Folie oder Echo des Geschehens, deutet es, nimmt Reaktions- und Wahrnehmungsweisen des Publikums auf usw.), das Quodlibet (»was gefällt«) als eine Folge beliebter Melodien mit neuen, parodistischen Texten (es befriedigt das musikalische Interesse des Vorstadttheater-Publikums, dient der Parodie, bietet Spielraum zu artistischer Entfaltung des Schauspielers, ist Ruhepunkt der Handlung, kann Motive erläutern usw.), das Situationslied (eine Figur stellt ihre Situation im Stück dar), das Auftrittslied (das als Standeslied meist über Zusammenhänge zwischen Beruf und Leben reflektiert und die Figur exponiert), verschiedene kombinierte Formen (z. B. Quartett mit quodlibet-ähnlichen Funktionen) und schließlich das eigentliche satirische Couplet. Chor, Quodlibet und Situationslied sind meist stärker mit der Handlung der Komödie verbunden als Auftrittslied und Couplet.
Die Chöre (I, 1, 19; II, 1, 7, 35; III, 32) haben einleitende bzw. beschließende Funktion und kommentieren – den Gegensatz zwischen oben und unten auch musikalisch akzentuierend – das Geschehen (z. B. Chor der Gläubiger / der Bedienten, Trauer / Jubel, Glück / Unglück). Die gegeneinandergesetzten Auftrittslieder Damians und Johanns (I, 3) exponieren im Einklang mit den mimisch-theatralischen Mitteln den sozialen Unterschied, der erst

den menschlichen sichtbar macht. Während Damian nach einem »traurigen Ritornell« im »abgerissenen Anzug« ein Lied über seinen Berufsstand und die Ehrlichkeit singt, wird der in »eleganter Livree« erscheinende Johann von »sehr lebhafter Musik« begleitet; er deckt die unehrenhaften Seiten seines Standes und seiner Person auf und bekräftigt, daß man nur mit Betrug zu etwas kommt. Salerls Lied über die Liebe (II, 14) entspringt der Situation und deutet sie, spielt zusammen mit den einleitenden Worten über die »standesgemäße Wahl« auf ein wesentliches Motiv des Stücks an: auf die Liebe Adolfs zu Emilie. Auch Johanns Lied über die Arten des Spiels (II, 21) entspringt der Situation im Stück; mit dem Ansatz zur Reflexion und satirischen Seitenhieben auf die destruktive Spielleidenschaft kommt es dem eigentlichen Couplet schon sehr nahe. Für den Fortgang des Stücks leistet es nichts, es variiert vielleicht das Glücksmotiv, bietet vor allem aber durch die Unterbrechung der Handlung einen Ruhepunkt im Spiel und gibt dem Schauspieler Gelegenheit, sein sprachliches, musikalisches und mimisches Können zu demonstrieren. Das Quartett (III, 10) ist durchaus handlungsgebunden und setzt das situationskomische Spiel auf der musikalischen Ebene fort. Die Lieder insgesamt dienen – abgesehen von der unterhaltenden Funktion für das Publikum – der Verklammerung von Sprache und Szene, überdies variieren sie Grundmotive des Stücks (Geld, Liebe, Glück, Spiel). Sie stellen eine eigene Ebene dar, kommentieren lyrisch (Reflexionslyrik, Rollenlied) und musikalisch das dramatische Geschehen, erweitern den Horizont des Stückes und sind stets publikumgerichtet.

Die Komödienhandlung entfaltet sich aus vier Grundlinien: der Beziehung zum Geld, der Abhängigkeit vom »Glück«, der möglichen Verbindung zwischen oben und unten und dem Versuch der Umkehrung der Verhältnisse (Johann will von der Bedienten- zur Herren-Rolle überwechseln). Nicht nur in der Exposition und an zentralen Stellen des Stücks wird über Geld oder Geldlosigkeit gesprochen, mehr als vierzigmal dominiert das Geld-Thema in Sprache und Handlung. Demgegenüber taucht das Wort Glück nur halb so oft auf, ein Beweis für die überragende Rolle des Geldes, das alle menschlichen und sozialen Beziehungen bestimmt. Die Bemühungen Bonbons und Zins' um Emilie auf der herrschaftlichen Ebene dokumentieren ebenso den Warencharakter von Liebe, Moral und anderen Lebenswerten wie die Beziehung zwischen Fanny und Johann (»geldloses Mädel« – »herzloser Mann«) auf der Dienerebene. Auch Adolf

(»Meine Liebe zu Emilien ist wahr und rein«) kann letzten Endes nur durch ererbten Reichtum als Mensch überzeugen. Weithin gilt die Gleichung: Reichtum bedeutet Glück; Glück ist käuflich. Goldfuchs sagt in einer Variante des Stücks: »Ich und das Glück, wir sind in einem festen Bund.« – Den Armen, denen noch das Existenzminimum streitig gemacht wird (»Wer kein Geld hat, soll auch nix essen«), bleibt nichts anderes übrig, als auf das »kugelrunde« Glück zu warten. Die Zeit bis dahin verkürzt man entweder mit nüchtern-unsentimentaler Haltung (»Seit der Existenz des Geldes gibt es in jedem Stand Reiche und Arme«, »Man muß die Welt nehmen, wie s' is, und nicht, wie s' sein könnt'«) oder kritischem Räsonieren (»Das is eben das Dumme und höchst Ungerechte. Wenn die reichen Leut' nit wieder reiche einladeten, sondern arme Leut', dann hätten alle genug zu essen«). Die soziale Ordnung wird als durchaus statisch aufgefaßt, eine Veränderung scheint unmöglich, und selbst die durch den Glückswechsel eingetretene Umkehrung der Zustände wird am Ende wieder im Sinne des Ausgangspunktes korrigiert. Die »emanzipatorische«, den Stand überschreitende Kraft der Liebe schafft eine Verbindung zwischen oben und unten nur aufgrund der veränderten materiellen Voraussetzungen. Damit – wie überhaupt durch den ironischen und fadenscheinigen Lustspiel-Schluß – wird die Umkehrung und der Ansatz zu einer Aufhebung der sozialen Fronten als märchenhaft und utopisch entlarvt, die Unveränderbarkeit des Systems bewiesen. Für die Leute »zu ebener Erde«, die repräsentativ für das Vorstadttheater-Publikum stehen können, empfiehlt sich das stille Glück in der Bescheidenheit; die Aussicht auf das große Glück des Geldes bleibt fiktiv.

Stärker noch als der vorliegende beweist der verlorengegangene Schluß (vgl. 3. Aufz., Anm. 42) die Unveränderbarkeit der zweigeteilten Welt. Die reuige Rückkehr Johanns macht sichtbar, daß sich der skrupellose, betrügerische Weg von unten nach oben am Ende doch nicht auszahlt. Fortuna – so scheint es – ist nur im Bunde mit den bescheidenen und ehrlichen Leuten, deren Hoffnung damit gestärkt wird, daß auch dem kleinen Mann das Glück winken könnte. In Johann, dessen Ambitionen dahin gehen, selber »Herr« zu werden (vgl. I, 3 und II, 19: »Jetzt bin ich der Herr!«), und der genau weiß, was die Bedienten für »a Volk« und für »Halunken« sind, mag sich mancher Zuschauer unfreiwillig selber entdeckt haben. Mit der Rolle des Johann, der als Zentralfigur zwischen den zwei Welten agiert, über ein Diener-

und ein Herrenbewußtsein verfügt, machte Nestroy dem Publikum ein Identifikations- und ein Projektionsangebot. Mit dem aggressiven Witz des Abhängigen, der sich durch Spiel, Sprache und Satire von den »Herrschenden« zu befreien sucht, konnte man sich identifizieren; zugleich projizierte man auch alles, was man nicht sein wollte, auf die Dienerfigur, die als hervorragendes Ventil für angestaute Aggression, für die vielen Niederlagen im alltäglichen Leben taugte.

Die zahlreichen Eingriffe der staatlichen Zensur und die vorsichtige Selbstzensur Nestroys beweisen, in welchem Maße die Anspielungen verstanden wurden. Die Zensurverfügungen duldeten keine Äußerungen, die in irgendeiner Weise zum Schaden der Religion, der Sittlichkeit, des Adels und der Monarchie ausgelegt werden konnten. Ferner waren »auch alle Schriften der Art zu entfernen«, die »weder auf den Verstand noch auf das Herz vorteilhaft wirken« und nur die Tendenz hätten, die Leser in »Sinnlichkeit zu wiegen«. Insbesondere strebte die Zensur an, »der so nachteiligen Romanen-Lektüre ein Ende zu machen«. Aber nicht nur gegen den »endlosen Wust von Romanen, welche einzig um Liebeleien als ihre einzige Achse sich drehen oder die Einbildungskraft mit Hirngespinsten füllen« (vgl. Nestroys parodistische Bemerkung in I, 12: »Du bist eine schwärmerische Seele, liest Romane [...]«), richtete sich die Aufmerksamkeit der Zensur, sondern vor allem gegen die Vorstadttheater, die für die »Entsittlichung des Wiener Volkes« verantwortlich gemacht werden.

Eine Auswahl der überlieferten Eingriffe Nestroys (vorsorgliche Selbstzensur) und der staatlichen Zensur in das Manuskript von *Zu ebener Erde und erster Stock* macht die Schwierigkeiten des Stückeschreibers und Schauspielers angesichts der Zensurbestimmungen, vor allem aber gegenüber der Willkür des Zensors deutlich. In seiner Revolutionskomödie *Freiheit in Krähwinkel* (1848; Reclams Universal-Bibliothek Nr. 8330) gibt Nestroy eine sprachliche Karikatur des Zensors: »Ein Zensor ist ein menschgewordener Bleistift oder ein bleistiftgewordener Mensch, ein fleischgewordener Strich über die Erzeugnisse des Geistes, ein Krokodil, das an den Ufern des Ideenstromes lagert und den darin schwimmenden Literaten die Köpf' abbeißt.«

Bei den im folgenden wiedergegebenen Stellen (ausgewählt aufgrund *Sämtliche Werke*, Bd. 8, Anhang, S. 133–149) handelt es sich in der Hauptsache um einzelne Wörter oder Passagen, die als erotische Anspielung, als Abwertung eines Berufsstandes, als

Angriff auf das politische System und seine Träger, auf die Religion oder als Anregung bzw. Verherrlichung unsittlicher Handlungen verstanden werden konnten.

I,2	ich trag's ins Amt.	ich trag's fort.
I,3	Ein Tandler geht	Ich geh' halt fast
	kein Tandler werden soll'n.	was G'scheidters werden soll'n.
	D' Herrschaft [...] betrüg'n.	Es is jede Schwierigkeit leicht zu besieg'n
	a Köchin,	als Dienerschaft
	Halunken	Leut'ln
	Devotion, Impertinenz,	*gestrichen*
	fünf lange Finger,	*gestrichen*
	ein kleines Gewissen,	eine kleine Geduld,
	Probatum est!	*gestrichen*
	ungesättigte Leidenschaft	Leidenschaft
I,5	Wenn die reichen [...] zu essen.	*gestrichen*
I,6	auf 'n halben Weg [...] zusamm'.	*gestrichen*
	Da käm' [...] heraus!	Das wär' weiter kein Spektakel.
I,9	Pläne [...] unserm Mädel.	*gestrichen*
	erhitztem Gehirn	fieberhaftem Gehirn
I,10	heutzutage [...] Zins,	*gestrichen*
I,12	Nachgeher *(Sämtl. Werke)*	ihn *(Gesammelte Werke)*
	in der Dicken,	in der Art,
	heute abend	heute
	oh, nur Gefühl!	*gestrichen*
I,18	Türk'	*gestrichen*
II,3	Eine Geschicht'; [...] rechte Geschicht'!	*fehlt in Z (Zensur)*
	Sie wünschen Mord	*gestrichen*
II,4	wenn es beim Betrug honett hergehen soll	*gestrichen*
II,8	So muß man's [...] zahlen.	*gestrichen*
	als witzigen Einfall eines Millionärs	*gestrichen*
	Filouprofit [...] B'schores	*gestrichen*
	Ich sage: [...] bellt.	*gestrichen*

II,14	Der prügelt [. . .] unverzagt.	Behandelt das Weib auch grob, wenn sie was sagt.
	Das wär so was [. . .] kunnt'.	So schnell endet auch öfter der Liebesbund.
II,15	als das Leben [. . .] von Fräulein	*gestrichen*
	Aber g'scheit!	Hm!
	für ein Frauenzimmer	*gestrichen*
	und befördert [. . .] Strauken	*gestrichen*
II,16	wenn [. . .] rentiert	*gestrichen*
	ergo muß	*ergo soll*
	sonst schaut [. . .] heraus	*gestrichen*
II,18	Schönheit [. . .] Urstoffe der	*gestrichen*
	Entführung [. . .] Durchgehens	*gestrichen*
	Das sind die [. . .] Abfahr'ns.	*gestrichen*
II,19	durch und durch	*erschien Z »bedenklich«*
	Johann. Mein Gott [. . .] gut g'nug.	*gestrichen*
	wenn man sich [. . .] a Volk –	*gestrichen*
	Preisgebung	Entdeckung
	(Sich stolz emporrichtend [. . .] Tone.)	*Szenische Anmerkung wurde als zu »revolutionär« gestrichen*
II,20	und wenn mein Gemüt [. . .] sind	*gestrichen*
II,21	daß [. . .] daherreden	*gestrichen*
II,24	Die Bande [. . .] obahaut.	*gestrichen*
II,25	nach Sprengung [. . .] Natur	*gestrichen*
	lang (*mit Geste)*	*erschien Z »bedenklich«*
II,29	etwas kühn [. . .] kommen soll	*von Z beanstandet*
	des Teufels	des Guckucks
II,30	Nachtgewande *und* Bett	*von Z beanstandet*
	der Abälard und die Heloise	*Artikel beanstandet*
II,31	Stubenmädlerei	Unruh'

II,32	D a m i a n (im Schlafe). [. . .] Geh her!	*gestrichen*
III,1	Wir kriegen [. . .] Frauen assekurieren lassen.	*gestrichen*
	derweil machen d' alten [. . .] Streich'!	*Z gegen Kritik an alten Leuten*
	ein paar Ohrfeigen	eine Ohrfeige
	's kost't [. . .] weh tun	*gestrichen*
	Sie ist [. . .] Mädel, aber	*gestrichen*
	sie verschlagt [. . .] Ruf.	Sie hat Liebschaften.
	über ihre Tochter	darüber
	Tandlerbuben	Sohn
	so was [. . .] von selbst	*gestrichen*
III,4	bübischen Geschlechts	*gestrichen*
	Graf, Durchlaucht	*von Z beanstandet*
III,5	Er war [. . .] Kind!	*gestrichen*
III,6	und das muß [. . .] Neu's kriegt	*gestrichen*
	mein Blut macht Wallungen	*gestrichen*
	erobern	mir geneigt machen
	beim Himmel [. . .] getan	*gestrichen*
III,7	hernach hol' [. . .] eine Prise	so merkt er nix
III,10	keinem Tandler [. . .] Liebeständelei	*gestrichen*
	Es ist ja fast [. . .] anz'fangen wär'.	*gestrichen*

In einer Eingabe an die Zensurbehörde wehrte sich Nestroy 1851 gegen die willkürlichen Eingriffe des Zensors (in das Manuskript von *Mein Freund*) und geht dabei sowohl auf die Funktion der Komik als auch auf den Vorwurf des Zotenhaften ein: »Das Lächerlichmachen ist in solchen Dingen das wirksamste Mittel, den in der Menschennatur wurzelnden Reiz des Verbotes zu neutralisieren. Das Lächerlichmachen des Bösen und Schlechten ist die einzige moralische Wirksamkeit der Komik, ich glaube, man sollte sie gerade darum am wenigsten beschränken. [. . .]
Übrigens wenn man Zoten finden will, dann ist auch jeder Satz eine Zote. Die Worte ›Vater, Mutter, Sohn, Tochter‹ sind lauter Zoten, weil man, wenn man will, dabei an den unerläßlich damit

erbundenen Zeugungsakt denken kann.« Die Antwort des Zen-
ors lautete: »Die ganze Argumentation gegen das Zotenwesen
renzt an Unverschämtheit, da Nestroy mit seinen Stücken we-
entlich zur Entsittlichung des Wiener Volkes beigetragen und
is auf den heutigen Tag nur zu oft die harmlosesten Worte
urch sein Mienen- und Händespiel zur gemeinsten Zote wer-
len.« Die zensierten Passagen von 1835 und die Stellungnahme
les Zensors 1851 beweisen eher die besondere Art der Phantasie
nd Willkür der Zensur als die »Anstößigkeit« der Possentexte.
)bwohl die zeitgenössischen Kritiken Inhalt und dramaturgische
dee des Stückes nicht als neu empfanden, handelt es sich bei
Zu ebener Erde und erster Stock im Unterschied zu den meisten
Nestroy-Possen nicht um eine Bearbeitung einer fremden dra-
natischen oder epischen Vorlage, sondern offensichtlich um einen
)riginalen Einfall des Autors. Während er sonst seine Vorlagen
inter anderem aus dem Englischen oder Französischen nahm,
ging dieses Stück sogar den umgekehrten Weg, 1842 wurde es
ür die französische Bühne übersetzt.
)ie Kritiken der Uraufführung waren überwiegend positiv. Im
inzelnen lobte man die gut motivierte, den »Kontrast von Glanz
und Elend« wirksam heraushebende Handlung, die frei von jeg-
icher Zweideutigkeit sei: »Da ist Idee, Logik, dramatisches
Leben, Klarheit, Fülle von Lustigkeit und Witz und [...] eine
rein menschlich moralische Tendenz.« Ein Kritiker findet allerdings den Schluß zu »kahl«, er vermißt die durch die aussöh-
nende Liebe »augenscheinlich hergestellte Verbindung zwischen
oben und unten – es bleiben dem Zuseher immer noch ein paar
Fragen übrig.« Man kann darin einen Beweis für Nestroys »of-
fene« Dramaturgie sehen. Während der eine das Stück wegen
seiner Wahrheit und Klarheit, auch weil es ohne Zauberapparat
auskommt, über Ferdinand Raimunds *Der Verschwender* (1834)
stellt, erhebt der andere Kritiker den Vorwurf des Plagiats; die
Handlung im ersten Stock sei eine Nachahmung des *Verschwen-
ders.* Gegen diesen Vorwurf und die Kritik Franz Wiests wehrte
sich nach Überlieferung Friedrich Kaisers Nestroy in der nächsten Aufführung: Als Nestroy »im Anfange des zweiten Aktes
die Spieltische zu arrangieren hatte, legte er auf einen derselben
die Karten mit den Worten auf: ›An dem Tisch wird Whist gespielt, – 's ist merkwürdig, daß das geistreichste in England er-
fundene Spiel den gleichen Namen mit dem dümmsten Menschen
von Wien hat.‹« Das verbotene Extemporieren brachte Nestroy
fünf Tage Arrest ein.

Mit dem Stück war Nestroy ein wesentlicher Durchbruch bei der Theaterkritik gelungen. Man hob seine geläuterte Kunst- und Lebensansicht hervor; »aus den Schlupfwinkeln der plebejischen Liederlichkeit aufgestiegen«, habe er ein humoristisches Gemälde ein Genrebild und »echtes« Volksstück geschaffen. Otto Rommel, der zehn Stücke aus den Jahren 1835 bis 1853 in der historich-kritischen Ausgabe als Volksstücke bezeichnet (darunter z. B *Der Unbedeutende*, *Der Schützling*, *Kampl*), faßt zusammen, was die unzähligen zeitgenössischen Pressestimmen vom Volksstück forderten: »eine wahrscheinliche, aus dem Leben gegriffene Handlung, Personen und Zustände des Volkslebens, erzieherische Tendenz, ›gesunde‹ Komik«, warnt aber zugleich vor der Konstruktion eines Volksstück-Dichters Nestroy zwischen Raimund und Anzengruber. Sicherlich trifft vieles von der »Lokalposse« auf das »Volksstück« zu (Helden aus dem Volk; Thematisierung sozialer Gegensätze; Betonung des Vitalen, des Essens, Trinkens und der Liebe; konkreter Publikumbezug usw.) doch taucht die Gattungsbezeichnung Volksstück erst auf, als sich die Institution Volkstheater bereits in der Auflösung befand und »Volksstück« zum literarischen Programm wurde. Nestroy nannte nur eines seiner Stücke ausdrücklich so (*Der alte Mann mit der jungen Frau*, 1849), vielleicht auch deshalb, weil er mit dem erzieherischen Volksstück, wie es die Kritik forderte, nicht konform ging. Die Rücksicht auf Bedürfnis und Geschmack des Vorstadttheater-Publikums und auf die Aufführungsbedingungen (kommerzialisierter Theaterbetrieb, Zensur usw.) führte zu einer spezifischen Dramaturgie der in die Unterhaltung, in das Possenspiel integrierten Kritik und Satire. Das Zusammenspiel von Illusionierung und Desillusionierung erinnert im nachhinein an spätere Volksstück-Konzeptionen (vor allem bei Ödön von Horváth und Bertolt Brecht), die sich ja zum Teil auf Nestroy berufen. Von daher enthüllt sich ein Aspekt der häufig zitierten »Modernität« Nestroys. Die »Nachwelt« (Karl Kraus) erkennt in stärkerem Maße die dialektischen Beziehungen zwischen der fiktiven und schematischen Possen-Handlungen und der durch artistisches Spiel und aggressiv-kritische Komik hergestellten Wirklichkeitsbeziehung der Inhalte. Wenn den Burgschauspieler Karl Ludwig Costenoble die Spielart Nestroys »immer an diejenige Hefe des Pöbels [erinnert], die in Revolutionsfällen zum Plündern und Totschlagen bereit ist«, und Hebbel schreibt, die Furcht vor dem »Hereinbrechen der ungezügeltsten Anarchie« sei gerechtfertigt, »wenn man die Wiener Vorstadttheater mit ihrem Nestroy kennt«, so wird deutlich, daß die sozialkritische Thematik der Possen – wenngleich eingebunden in Spiel und Unterhaltung und trotz Zensur – auch die Zeitgenossen durchaus schon zu treffen vermochte.

Johann Nestroy

IN RECLAMS UNIVERSAL-BIBLIOTHEK

Der böse Geist Lumpazivagabundus oder Das liederliche Kleeblatt. Zauberposse. 70 S. UB 3025

Freiheit in Krähwinkel. Posse. (J. Hein) 88 S. UB 8330

Höllenangst. Posse. (J. Hein) 144 S. UB 8382

Judith und Holofernes. Häuptling Abendwind. Einakter. (J. Hein) 85 S. UB 3347

Einen Jux will er sich machen. Posse. (W. Zentner) 103 S. UB 3041

Das Mädl aus der Vorstadt oder Ehrlich währt am längsten. Posse. (F. H. Mautner) 93 S. UB 8553

Die schlimmen Buben in der Schule. Frühere Verhältnisse. Einakter. (J. Hein) 96 S. UB 4718

Der Talisman. Posse. (O. Rommel) 117 S. UB 3374

Der Zerrissene. Posse. (O. Rommel) 86 S. UB 3626

Zu ebener Erde und erster Stock oder Die Laune des Glückes. Lokalposse. (J. Hein) 149 S. UB 3109

Philipp Reclam jun. Stuttgart

Ferdinand Raimund

IN RECLAMS UNIVERSAL-BIBLIOTHEK

Der Alpenkönig und der Menschenfeind. Romantisch-komisches Original-Zauberspiel in zwei Aufzügen.
Nachwort von Wilhelm Zentner.
100 S. UB 180

Das Mädchen aus der Feenwelt oder Der Bauer als Millionär. Romantisches Original-Zaubermärchen mit Gesang in drei Aufzügen.
Nachwort von Wilhelm Zentner.
79 S. UB 120

Der Verschwender. Original-Zaubermärchen in drei Aufzügen.
Nachwort von Wilhelm Zentner.
94 S. UB 49

Philipp Reclam jun. Stuttgart